그라운드의 사령관

그라운드의 사령관 8

예성 현대 판타지 장편 소설

초판 1쇄 찍은 날 | 2016년 12월 05일
초판 1쇄 펴낸 날 | 2016년 12월 12일

지은이 | | 예성
펴낸이 | | 예경원

기획 | 위시북스
편집책임 | 박우진
편집 | 이즈플러스

펴낸곳 | 예원북스
등록번호 | 제396-2012-000132호
등록일자 | 2012. 7. 25
KFN | 제1-049호

주소 | 경기도 고양시 일산동구 호수로 646-24 위너스21 II 빌딩 206A호 (우)10401
전화 | 031-819-9431 팩스 | 031-817-9432
E-mail | yewonbooks@naver.com

ISBN 979-11-5845-357-2 04810
      979-11-5845-578-1 (set)

WISHBOOKS MODERN FANTASY STORY

예성 장편소설

그라운드의 사령관 8

완결

Wish Books

CONTENTS

그라운드의 사령관

1장

정찬열 계약!

[정찬열의 행선지는 어디인가?]

한국의 야구 뉴스의 메인 카드는 여전히 찬열의 다음 행선지였다. 시즌 종료 후 곧장 옵트 아웃을 선언한 찬열. 레드삭스는 정해진 수순대로 퀄리파잉 오퍼를 제안했다.

당연하게도 찬열은 거절했고 말이다.

이로써 찬열은 정식으로 FA가 되었다. 레드삭스를 비롯해 내셔널리그, 아메리칸리그 모든 구단과 협상이 가능한 신분이 됐다.

로버트는 많은 구단의 간부들을 만나고 다녔다. 단장이 직접 찾아오는 경우도 많았다. 미국 현지에서 찬열의 예상 연봉으로 2,500만 달러 이상을 측정하고 있었다.

나이도 어려 10년 이상의 장기 계약도 점쳤다. 그렇다면 총액 2억5천만 달러에 달하는 엄청난 계약이 나온다. 하지만 이런 측정치는 로버트의 입가에 비웃음을 짓게 했다.

"아직 세상의 상상력은 빈곤하군."

기존의 상식이란 것에 붙잡힌 인간의 상상력의 한계였다.

"2,500만?"

지금까지 그와 만났던 구단 중 비슷한 금액을 제시했던 이들도 있었다.

하지만 모두 거절당했다. 총액 2억5천만 달러 역시 이미 넘겼다. 3억 달러를 제안한 곳도 있었다. 그러나 총액이 중요한 게 아니었다. 옵션과 계약 기간 그리고 연차에 따른 연봉 등. 고려해야 할 것들이 무척이나 많았다. 무엇보다 전 구단의 제안을 다 받아보고 결정을 내려야 했다.

이런 계약은 최대한 시간을 끄는 게 선수에게 유리했다. 다른 선수들의 경우라면 조금 이야기가 달라진다. 어떤 선수건 대체할 수 있는 선수는 분명 나온다. 예를 들어 15승 이상을 거둘 수 있는 투수라면 어떤 구단도 탐을 낸다.

하지만 그를 대체할 수 없다는 건 아니다. 15승 이상을 거둘 수 있는 투수는 분명 존재하기 때문이다.

하지만 80홈런이라면?

그것도 포수인 데다가 도루 저지율이 60퍼센트가 넘는 포수라면?

"대체할 수 있는 선수가 없지."

찬열은 그런 선수였다.

로버트가 조급함을 가질 이유가 없었다.

* * *

12월에 접어들 무렵.

찬열은 마지막 CF 촬영을 끝냈다.

이후에는 휴식을 할 예정이었지만 한 가지 행사를 더 넣었다.

[제3회 희망의 야구단]

박현우가 주축이 되어 만들어진 자선 행사다.

어려운 환경에서 야구를 하는 아이들에게 야구 레슨을 해 주고 장학금을 전달하는 행사였다. 장학금은 현역 선수들이나 각 단체에서 지원해 주는 방식이었다.

기부금을 많이 받기 위해서는 대회가 유명해져야 했다. 현역 선수들의 참여가 절실한 이유였다. 다행인 점은 박현우가 야구계에서 발이 넓은 선수라는 점이었다.

덕분에 1회 때부터 많은 금액의 장학금을 전달할 수 있었다. 하지만 3회만큼은 아니었다.

"이거 대단한데."

대회를 준비하면서 박현우는 이렇게까지 많은 전화를 받아본 적이 처음이었다. 기부를 하겠다는 회사들이 늘어나면서 기부금 역시 많아졌다. 가장 많은 기부금이 들어왔을 때보다 정확히 3배가 늘어났다.

'방송국들도 찾아오겠다 하고.'

중계가 된다면 행사를 알릴 수 있게 되면서 최고의 홍보 효과가 된다. 행사가 알려지면 그만큼 많은 기부금이 들어오고 더 많은 아이들에게 장학금을 전달할 수 있었다.

"찬열이 효과가 크긴 크구나."

어느 정도 예상을 하고 도움을 요청했었다.

그런데 실제로 경험해 보니 이건 예상을 훨씬 뛰어넘었다.

"자식, 대견하네."

프로가 된 이후부터 지켜봐 왔기에 묘한 감정이 느껴졌다.

"슬슬 나가야겠군."

행사 시간이 점점 다가오고 있었다.

* * *

찬열은 행사에 열정적이었다. 세계 최고의 선수가 되었지만 그는 예전과 달라진 게 없었다. 실내에 마련된 사인회장에서 오늘 행사에 참가하게 될 아이들에게 사인을 해주고 있었다.

슥슥-!

"자, 여기 있어."

"가, 감사합니다!"

이제 갓 중학생이 되어 보이는 소년이 허리를 접으며 외쳤다.

"와…… 저놈 좋겠다."

20대 초반으로 보이는 사내가 부럽다는 듯 중얼거렸다.

올 시즌 베어스에서 대주자로 주로 출장해 좋은 모습을 보여준 이준수였다.

그의 곁으로 베어스 선배인 이경민이 다가왔다.

"얌마! 너도 프로인데 프로의 사인이 부럽냐?"

"형님, 메이저리거잖아요. 형님은 안 부러우세요?"

"음…… 뭐…….."

"거 봐요. 형님도 부럽잖아요."

"이따 경기 끝나면 사인 좀 부탁해 볼까?"

"그…… 그럴까요?"

아이들은 물론이거니와 프로들 역시 찬열의 사인을 탐냈다. 그걸 아는지 모르는지 찬열은 아이들 하나하나에 최선을 다해 사인을 해주었다.

또 한 명의 아이에게 사인을 해준 뒤였다.

다음 아이가 다가왔을 때 찬열의 눈이 커졌다.

"너는…… 분명 민성이 맞지?"

아이의 눈이 커졌다.

"어떻게 아세요?"

"당연히 알지. 수영초등학교에서 나랑 만났었잖아."

"기억…… 하세요?"

"기억하고말고."

수영초등학교.

사촌 동생인 현성이가 다니던 학교다.

지금은 졸업을 해서 중학생이 되었지만 말이다.

한국에서 활동할 때 수영초등학교에 가서 야구 레슨을 해 준 적이 있었다.

그때 만났던 게 민성이다.

첫 만남이 워낙 강렬했기에 얼굴을 보니 바로 기억이 났다.

"중학교에서도 야구하고 있는 거야?"

"네……."

슥슥-!

"그래, 포지션은 어디고?"

"아직은 1학년이라 제대로 못 하고 있어요. 그래도 간혹 투수로 마운드에 오르고 있습니다."

"그래?"

야구에 재능이 있는 아이들은 대부분 투수를 시킨다.

어릴 때의 재능이라는 건 말 그대로 운동 신경에 관한 부분이기 때문이다.

"자, 여기 있다."

찬열이 사인을 한 글러브를 건넸다.

민성은 그것을 받아들고 고개를 푹 숙였다.

"감사합니다!"

"그래. 이따 운동장에서 보자."

"네!"

환하게 웃으며 멀어지는 민성을 보며 찬열도 미소를 지었다.

잠시 후, 사인회가 끝났다.

"고생 많았다."

박현우는 사인에 참가한 선수들에게 일일이 음료수를 건넸다. 찬열이 마지막으로 음료수를 받았다.

"고생 많았지?"

"이 정도는 이제 익숙해요."

"하하! 그렇긴 하겠네."

오늘 참여한 아이들의 숫자는 모두 50명이다.

50장의 사인이야 이제는 익숙해진 찬열이었다.

"참, 민성이와 아는 사이냐?"

"예, 사촌 동생이 초등학생 때 야구를 했었거든요. 그때 레슨을 갔다가 만났어요. 플레이에 열정적이어서 꽤 격하게 하더라고요."

"하하, 승부욕이 좀 강한 녀석이지. 집안이 좋지 않다 보니 독기가 좀 있다."

현성이에게 들어서 알고 있었다.

그리고 이곳에 온 아이들의 대부분이 형편이 좋지 않았다.

"그래도 야구 센스 하나는 기막힌 녀석이야."

"그래요?"

"너도 이따 보면 알겠지만 플레이 하나하나를 생각하면서 하거든."

"그 나이에요?"

박현우가 고개를 끄덕였다.

"작년에도 투수로 참가를 했었어. 그런데 커맨드가 아주 끝내줬다."

"오호……."

박현우가 이렇게까지 극찬을 하니 호기심이 생겼다.

찬열은 경기가 기대가 됐다. 하지만 그의 호기심을 풀 기회는 없었다. 그라운드에 나와 몸을 풀고 있는데 민성이의 모습이 보이지 않았다.

"형님, 민성이는 아직 안에 있어요?"

박현우에게 물었다.

그의 표정이 어두워지더니 고개를 저었다.

"갑자기 할머니가 편찮으셔서 돌아가 봐야 한다고 하더라. 그래서 택시 태워서 보냈다."

"그래요?"

"에휴, 걱정이다. 할머니 혼자서 애 둘을 키우는데 별일 없었으면 좋겠는데."

걱정 어린 표정을 짓는 박현우를 보며 찬열도 걱정이
됐다.

한 명이 빠지긴 했지만 행사는 원래대로 진행이 됐다. 아
이들을 가르치는 레슨이 끝나고 경기가 이어졌다. 아이들의
경기, 그 뒤에는 프로선수들이 두 팀으로 나뉘어 경기를 치
렀다.

가장 많은 이목이 집중된 건 역시 찬열의 타석이었다.

"흡-!"

윤길현이 뿌린 초구에 찬열의 배트가 매섭게 돌아갔다.

따악-!

경쾌한 소리가 그라운드에 울려 퍼졌다.

"오오!!"

"넘어간다!"

모든 이가 일제히 일어나 타구를 확인했다.

우측 담장을 넘어가는 홈런이었다.

"아으!"

윤길현이 마운드에서 찬열을 노려보며 이를 갈았다.

하지만 찬열은 유유히 베이스를 돌며 사람들의 기대에 완
벽히 부응해 주었다.

이날 행사는 별다른 사고 없이 무사히 마무리됐다.

* * *

공식적인 일정을 모두 끝낸 찬열은 훈련에 들어갈 준비를 했다. 프로 선수라고 해서 1년 내내 훈련과 경기를 반복하지 않는다. 쉬어줄 때는 충분히 쉰다. 몸이 회복할 시간을 주는 것이었다.

찬열은 올해도 부모님과 함께 온천여행을 떠났다. 마치 연례행사가 된 것처럼 말이다. 온천에서 몸을 담그고 편안하게 쉬는 게 의외로 회복에 도움이 됐다.

그래서 매년 온천을 찾았다. 부모님도 좋아하시고 말이다.

하지만 올해는 그리 여유롭게 즐기지 못했다.

[찬열아, 로버트가 미국으로 넘어오란다.]

"벌써요?"

원래대로라면 12월 중순에 미국으로 넘어가 천천히 훈련을 하면서 적응을 할 계획이었다.

아직 12월 초순이니 너무 이른 시기였다.

[계약이 빠르게 진행이 되는 것 같다.]

"알겠습니다."

계약이라는 말에 찬열은 곧장 정리하고 인천으로 올라왔다. 김영재가 미리 준비를 하고 있었기에 별다른 준비 없이 바로 공항으로 향할 수 있었다.

"아버지, 어머니. 그럼 다녀오겠습니다."

"그래. 여유 되면 전화 한 통씩 하고."

"예."

"우리 아들, 미국 가서도 밥 잘 먹고 알았지?"

"네."

찬열은 부모님을 가볍게 안아주고는 김영재와 함께 차에 올랐다. 운전기사가 따로 있었기에 두 사람은 뒷자리에 앉아 편안하게 이동할 수 있었다.

"형님, 계약에 진척이 있었던 거예요?"

"로버트가 그동안 미국에서 여러 구단과 접촉을 했다. 그 중에서 몇 개 구단으로 압축을 한 거 같아."

"어디 어디요?"

"자세히 묻지는 않았다. 하지만 그동안 의견을 교환한 결과 양키스, 필라델피아, 에인절스, 그리고 레드삭스로 압축이 됐다."

내셔널리그 1팀, 아메리칸리그 3팀이었다.

"자세한 건 미국에 가서 들어야겠지만 모든 구단에서 3,000만 달러 이상의 몸값을 제시했다."

"음……."

상상만 하던 연봉이 눈앞으로 다가왔다. 찬열의 가슴이 뛰기 시작했다. 기자회견을 끝내고 비행기에 몸을 실었다.

이제는 익숙해진 퍼스트클래스 좌석.

안락한 의자와 수준 높은 서비스를 받았지만 긴장감과 설렘으로 잠을 이룰 수 없었다.

야구에 있어서는 이미 세계 최고의 경지에 오른 찬열이다.

하지만 인생의 중대한 기로에 있어서는 떨렸다.

'그때도 이랬지.'

창밖을 바라봤다. 푸르른 하늘과 새하얀 구름이 그림처럼 펼쳐져 있었다. 미국에 처음 가던 비행기 안이 떠올랐다. 비슷한 풍경이었다. 하늘 위는 어디건 비슷한 풍경이다. 오늘따라 이런 생각이 드는 건 역시나 현재 심경 때문일 것이다.

'이런 두근거림을 또 느낄 수 있을 줄은 몰랐어.'

미국에 처음 건너갈 때의 설렘. 지금도 비슷한 심경이었다. 두 번의 기회. 남들에게는 없는 이 특별한 기회가 어째서 자신에게 왔는지 모른다.

최소한 지금까지는 말이다.

'나만 두 번의 기회를 얻어도 되는 걸까?'

찬열은 그런 생각이 들었다.

자신이 무엇이 특별해서 두 번의 기회를 얻게 된 걸까?

어째서 남들은 얻지 못하는 걸 자신은 얻게 되었을까?

'민성이도 두 번째 기회를 얻어도 된다.'

박현우에게 들었다.

민성이의 할머니의 상태가 더욱 나빠져 야구를 포기할 수도 있을 거라는 소식이었다. 가슴이 아팠다. 해줄 수 있는 게 없을 거라 생각했다.

하지만 아니다.

'삼천만 달러…….'

한화로는 400억이 넘는 돈이다. 과거의 자신이라면 얻을 수 없는 돈. 그것이 눈앞에 다가와 있었다. 곧 현실이 될 게 분명한 상황이었다.

'만약 정말 현실이 된다면…….'

찬열은 남모르게 다짐을 하나 했다. 자신이 얻은 두 번째 기회. 돌려주고 싶었다.

* * *

로스앤젤레스 국제공항.

공항에 나온 찬열은 직접 마중 나온 로버트를 보고 놀란 표정을 지었다.

"직접 나오셨군요."

"당연히 나와야죠. 긴 비행에 피곤하실 테지만 바로 이동하도록 하죠."

"예."

간단하게 인사를 나누고 이동했다.

몇몇 팬이 그를 알아보고 사인을 요청했다. 로버트가 준비한 경호원들이 막아섰지만 찬열이 그들을 제지했다.

"괜찮습니다. 팬들에게 사인을 해주고 싶어요."

그의 요청에 로버트가 고개를 끄덕였다. 그제야 경호원들이 비켰다. 찬열은 팬들의 사인 요청을 하나하나 받으며 조금씩 이동했다.

덕분에 이동 시간이 길어졌다. 하지만 로버트는 오히려 이 순간을 이용했다.

"사진을 찍어서 트위터와 블로그, 모든 사이트에 올려."

"알겠습니다."

스마트폰이 보급되면서 미국에서는 트위터가 폭발적인 성장세를 보였다. 로버트는 이를 마케팅에 이용하고 있었다. 찬열의 좋은 이미지는 협상에 큰 도움이 된다.

'싸움은 이런 소소한 부분부터 시작이지.'

로버트는 적절한 타이밍에 찬열을 이동시켰다.

너무 오래 있어도 번잡해지면서 좋지 않은 이미지를 남기게 된다.

찬열은 리무진에 타서 곧 이동을 했다.

"미스터 김에게 들으셨겠지만 좋은 조건을 제안한 구단들 명단입니다."

로버트가 서류를 건넸다.

거기에는 각 팀의 이름 그리고 조건이 들어 있었다.

예상대로 모든 구단에서 평균 연 3천만 달러 이상의 금액을 제시했다.

현 최고 연봉자는 A-로드였다.

내년인 11시즌에 그는 3,200만 달러를 수령하게 된다.

2위는 버논 웰스로 2,600만 달러를 받는다.

10위까지 모두 2,000만 달러 이상을 받으니 찬열이 3,000만 달러의 계약을 맺게 되면 단숨에 2위로 오르는 것이다.

"연봉의 규모는 협상을 통해 변동이 있을 겁니다."

"그렇군요."

"중요한 건 연평균 액수입니다. 필라델피아의 경우에는 처음 3년간은 연봉 액수가 2,000만 달러를 유지합니다. 이후에 조건이 올라가는 식이죠."

찬열은 종이에서 눈을 떼지 않고 설명을 들었다.

"현재로써는 레드삭스의 조건이 가장 좋습니다. 첫해부터 3천만 달러를 보장하면서 매년 연봉이 백만 달러씩 오릅니다. 그리고 10년 차에는 4천만 달러가 되죠."

10년 뒤라면 찬열의 나이 35살이다.

그 나이에 4천만 달러라니?

상상이 가지 않았다.

"세부 조건을 보자면 양키스가 좋습니다. 옵트아웃 조항을 포함해서 6년 뒤에는 또다시 FA를 노려볼 수 있으니까요."

로버트는 메이저리그에서 옵트아웃을 가장 잘 사용하는 에이전트로 알려져 있다. 그의 고객이던 A-로드 역시 옵트아웃 조항으로 역사에 남을 계약을 두 번이나 따냈으니 말이다.

"에인절스는 평균입니다. 연봉 총액이나 조건 등 모든 부분에서 말이죠."

확실히 그랬다. 적정선을 유지한 느낌이라고나 할까?

"조금씩 협상을 더 진행할 생각입니다. 어떤 곳이 좋을지는 천천히 결정을 하죠."

"예."

"급하게 미국으로 오라고 하신 이유는 조만간 결정이 날 거 같습니다. 구단들이 구체적인 조건을 제시했다는 건 계약의 90퍼센트가 진행이 됐다고 보시면 됩니다."

세부 조건의 조율은 어려운 일이 아니다.

연봉 총액이 가장 넘기 어려운 산이었으니 말이다.

이제 얼마 남지 않았다.

* * *

찬열은 로버트와 함께 각 구단의 주요 임원들과 함께 자리를 가졌다.

첫날은 양키스의 단장과 저녁 식사를 함께 했다.

그는 첫 만남에서부터 찬열에 대한 호감을 숨기지 않았다.

"우리에게는 미스터 정이 반드시 필요합니다. 꼭 우리 유니폼을 입어주셨으면 합니다."

말만이 아니었다. 찬열의 환심을 사기 위해 극진한 대접을 했다. 미국 사람들이 이렇게 아부를 잘하는지 처음 알았다.

이야기만 듣고 있으면 자신이 무슨 야구의 신이라도 되는 것 같았다. 특히 단장의 한마디가 뇌리에 남았다.

"레드삭스에게는 미안하지만 우리는 또 한 번의 밤비노의 저주를 만들고 싶습니다."

바꿔 말하면 찬열을 베이브 루스와 비교하는 것과 같았다.

야구인들이라면 그 누구도 베이브 루스에 비교되는 걸 싫어할 리가 없었다.

이후 만난 단장들 역시 마찬가지였다.

하나같이 찬열에 대한 칭찬, 그를 위한 입에 발린 말들을 했다. 다소 부담스럽기까지 할 정도였다.

하지만 한 가지 사실은 알 수 있었다. 모든 구단이 자신을 원하고 있다. 이런 사실을 알게 되자 그동안 했던 고생들이 씻은 듯이 사라지는 기분이었다.

삼 일째 되는 날.

찬열은 한 식당에서 레드삭스 관계자들을 만났다.

"오랜만이네."

오랜만에 보는 단장이 악수를 청했다.

자신이 FA를 선언했지만 그는 불쾌한 기색이 전혀 없었다.

찬열의 FA 선언은 정해진 절차였다.

기분이 상할 일은 없었다.

"오랜만입니다."

자리에는 또 다른 인물도 있었다. 노신사의 등장은 로버트도 예상하지 못했던 일이다. 단장 존 미구엘이 그를 소개했다.

"레드삭스의 구단주시네."

"빌이라고 불러주게."

노신사가 손을 내밀었다.

찬열이 그의 손을 맞잡았다. 앞서 만났던 세 구단의 온갖 미사여구가 머릿속에서 사라지는 순간이었다.

한국도 마찬가지지만 미국에서도 구단주는 특별한 위치에 있는 사람들이다. 보통 야구단의 1년 운영비는 천문학적인 금액이 든다.

그런 구단을 소유하고 있는 사람이 직접 나온 것이다.

정말 자신을 원한다는 생각이 들었다.

"식사부터 하지. 여기 음식이 아주 맛있거든."

빌이 자리를 권했다. 그러자 곧 음식이 세팅이 되었다. 억만장자인 빌은 무척이나 유쾌한 사람이었다. 나이 차이가 한참이나 나지만 대화에서 세대 차이를 느끼기 어려웠다.

또 한 가지.

'계약 얘기를 안 하네.'

다른 구단들과 다른 점이었다. 빌은 일상에 관한 평범한 이야기로 대화를 주도했다. 한국에 대해 물어보기도 했다. 하지만 계약에 대해서는 일언반구도 하지 않았다.

로버트는 그 모습을 보며 한 방 먹었다는 표정을 지었다.

'구단주인 빌이 직접 나왔으니 어필을 할 이유가 없는

거지.'

무려 구단주가 나온 것이다.

레드삭스가 얼마나 찬열을 원하는지 열 마디 말보다 더한 어필이었다. 이날의 만남까지 찬열은 모든 구단의 관계자와의 만남을 가졌다.

이후에는 로버트와 회의가 이어졌다.

"세부 조건에서 또 한 번의 옵트아웃을 넣을 생각입니다. 올해 같은 성적이 아니더라도 연평균 40홈런 이상을 때려내는 조건을 걸고 옵트아웃을 넣어 30세에 다시 한 번 FA를 받는 쪽으로 하는 게 좋습니다."

A-로드와 비슷한 방식이었다.

물론 세부 조건은 다르지만 말이다.

매년 40개의 홈런을 친다는 건 S급 선수라는 소리다. 만약 이 정도의 성적을 앞으로 5년간 더 유지할 수 있다면 30세에 또 한 번의 연봉 대박이 가능해진다.

찬열이 고개를 끄덕였다.

"그렇게 받을 수 있다면 베스트겠죠."

"타 구단 트레이드 거부권도 받을 생각입니다. 한곳에서 안정적으로 야구를 하는 게 아무래도 좋을 테니까요."

"예."

세부 조건을 조율하는 회의가 밤늦게까지 이어졌다.

* * *

이틀 뒤.

로버트는 각 구단의 관계자들을 만나러 갔다. 그렇다고 찬열이 한 일이 없어진 건 아니었다. 이제는 내년 시즌을 위해 준비해야 할 시기였다.

로버트의 사무실은 무척이나 좋은 설비를 갖추고 있었다. 또한 뛰어난 트레이너들도 있었기에 좋은 트레이닝을 받을 수 있었다. 운동을 끝내고 찬열은 김영재와 대화를 나누었다.

"연락은 닿았어요?"

"지금 뉴욕에 있다고 하더구나."

찬열의 얼굴이 밝아졌다.

"잘됐네요. 이곳에 부를 수 있을까요?"

"일단 요청은 해뒀다. 스케줄을 확인해 보고 오늘 중으로 연락을 해주기로 했어."

두 사람이 말하는 사람은 김성일이다.

작년 그와 훈련을 한 덕분에 경이로운 시즌을 보낼 수 있었다. 그렇기에 찬열은 그를 잡아둘 생각이었다.

전속 트레이너로 고용해서 체계적인 훈련을 받고 싶었다. 그것을 위해 김영재에게 수소문을 부탁했었다. 그때 찬열의 스마트폰이 울렸다. 화면에 뜬 박현우라는 이름을 확인한 찬열이 바로 전화를 받았다.

"예, 형님."

[어떻게 잘 지내고 있냐?]

"오늘부터 훈련 시작했습니다."

[그래? 계약은? 자세한 건 말 못하겠지만 잘돼가고 있는 거야? 국내에는 진짜 별의별 기사가 다 올라와서 말이지.]

박현우의 목소리에는 걱정이 가득했다.

그도 그럴 것이 국내 언론에는 하루가 멀다 하고 찬열의 기사가 올라오고 있었다.

처음에는 금방 계약이 이루어질 거란 이야기가 나왔다.

하지만 시간이 흐르면서 부정적인 루머들이 올라왔다. 심지어는 찬열이 부상을 입었다는 기사도 있었다. 김영재가 빠른 대처로 기사를 내리게 했지만 그렇게 시작된 루머는 눈처럼 불어났다.

덕분에 박현우도 걱정이 되는 것이었다.

"괜찮아요. 조만간에 좋은 소식을 전할 수 있을 거 같습니다."

[그래? 그거 정말 잘됐네.]

"참, 형님. 민성이는 어떻게 됐어요?"

그렇지 않아도 궁금한 참이었다.

그런데 박현우가 선뜻 대답을 해주지 않았다.

[아니, 뭐 잘 지내고 있어. 너무 걱정하지 마.]

"그래요?"

뭐가 미심쩍었다.

"민성이 할머니는 괜찮아지신 거예요?"

다시 한 번 물었다.

결국 한숨과 함께 박현우가 대답을 했다.

[하아…… 사실은 민성이가 다니는 학교 감독한테서 연락이 왔다. 야구부 탈퇴서를 제출했다고 하더라.]

"예?"

[아무래도 할머니가 많이 좋지 않으신가 봐. 우리가 장학금을 전달하고 있어서 그동안은 정말 최소한의 비용만 내고 야구를 했는데 이제 그것도 낼 수 없게 된 거지.]

그 뒤로 박현우가 너무 걱정하지 말라는 이야기를 했다.

재단 쪽에서 어떻게 해볼 생각이라는 이야기도 덧붙였다. 하지만 귀에 들리지 않았다. 기계처럼 대답을 한 찬열은 이내 전화를 끊었다.

찬열의 표정이 심상치 않았기에 김영재가 조심스럽게 물었다.

"찬열아, 괜찮은 거냐?"

"형님……."

찬열은 민성이에 대한 이야기를 털어놓았다.

이야기를 모두 들은 김영재가 고개를 끄덕였다.

"음…… 그런 일이 있었구나."

김영재는 잠시 생각을 하다 말을 이었다.

"일단은 훈련에 잡념이 생기면 안 되니 훈련에만 전념을 하자. 그리고 계약이 끝나는 대로 방법을 찾아보자꾸나.”

“무슨 방법이 있을까요?”

“몇 가지 생각 중인 게 있지만 재단을 운영해 보는 게 좋지 않을까 싶다.”

“재단이요?”

김영재는 자신의 생각을 이야기했다.

“천문학적인 연봉을 받게 되면서 막대한 세금이 부과될 거다. 어차피 내야 할 돈이라면 지원이 미약한 유소년 야구를 지원할 수 있는 재단 설립을 하는 게 좋을 수도 있다. 비영리 재단이라면 면세의 효과도 있을 테고 말이지.”

“음⋯⋯.”

“일단 깊게 생각하지 말자. 재단에 관련해서는 나 역시 찾아봐야 할 분야이고 조언을 얻어야 하니까 말이야.”

“알겠습니다.”

김영재가 이 이야기를 꺼낸 건 찬열이 깊게 생각을 하다 자칫 슬럼프에 빠질 수도 있기 때문이다. 슬럼프라는 건 단순히 성적에서만 나오는 게 아니었다. 일상의 다양한 문제가 영향을 끼치는 경우도 많았다.

지금처럼 말이다. 그걸 알기에 김영재는 최대한 찬열이 신경 쓰지 않아도 되는 쪽으로 조언을 해주었다. 답을 찾을 수도 있다는 말에 찬열의 마음이 한결 편안해졌다.

‘영재 형님의 말대로 지금은 계약과 훈련에 대해서만 생각

하자.'

찬열은 마음을 다잡았다.

* * *

찬열의 행선지는 두 개로 좁혀졌다. 양키스와 레드삭스였다. 공교롭게도 밤비노의 저주로 엮인 두 개의 구단이 다시 찬열을 두고 경쟁을 하게 됐다.

"양키스에서 평균 연봉을 3,500만 달러까지 올렸습니다. 6년 뒤부터 옵트아웃이 가능한데 조건은 400홈런입니다."

400홈런.

메이저리그 역사에서도 이 기록을 달성한 선수는 50명이 채 되지 않았다. 하지만 찬열에게는 가능한 기록이었다.

이미 2시즌 만에 120개 이상의 홈런을 기록했다.

대부분의 전문가가 올해처럼 80개의 홈런을 기록하는 일은 없을 것으로 보고 있다. 그러나 부상이 없다면 매년 50~60개의 홈런을 칠 수 있을 거라는 전망을 내놓고 있었다.

50개라고 하더라도 8시즌, 즉 30대 초반의 나이에 찬열은 또 한 번의 FA를 선언할 수 있었다.

"총 계약 기간은 10년, 총액은 3억5,000만 달러입니다."

한화로 따지면 4,000억에 달하는 돈이다.

10년이라고는 해도 상상을 초월하는 거액이었다.

또한 현재 가장 많은 연봉을 받는 A-로드의 총액을 가볍게 넘어서는 연봉이었다.

"레드삭스는 어떻게 됐죠?"

"그들이 제안한 조건은 총액 3억2천만 달러입니다. 그리고 옵트아웃이 없는 조건이었습니다."

"음……."

옵트아웃은 무척이나 중요한 옵션이다.

그것이 없고 게다가 총액에서도 떨어진다면 분명 메리트가 떨어졌다.

"또한 주세 역시 보스턴이 더 높습니다. 그것도 염두에 두셔야 합니다."

"그렇군요."

연봉이 많아질수록 내야 할 세금 역시 많아진다.

특히 미국에는 공통적으로 내야 할 연방세와 주마다 다르게 부과되는 주(州)세 역시 염두에 둬야 됐다.

2010년인 현시점에서는 뉴욕보다 보스턴이 속한 매사추세츠의 주세가 더 높았다.

"일단 조금 더 협상을 진행해 보도록 하겠습니다."

"예, 잘 부탁드리겠습니다."

로버트의 중간보고는 그렇게 끝났다.

　　　　　　　　＊ ＊ ＊

　다음 날.

　호텔에 반가운 손님이 찾아왔다.

　"오래만입니다."

　왜소한 체격의 남자가 손을 내밀었다.

　김성일이었다.

　"이렇게 와주셔서 감사합니다."

　찬열도 악수를 하고는 자리를 권했다.

　두 사람이 서로를 마주 보고 앉았다.

　"지난 시즌에서의 활약 잘 봤습니다. 정말 대단하더군요."

　"모두 성일 씨 덕분입니다."

　"아닙니다. 제가 하는 건 육체적인 트레이닝이었습니다.
야구는 멘탈 경기 아닙니까? 좋은 멘탈을 잘 유지하신 게 좋
은 성적을 낼 수 있는 이유였습니다."

　김성일은 냉정하게 상황을 판단했다.

　자신의 덕으로 넘길 수도 있는 일인데도 불구하고 말이다.

　"그런데 이렇게 절 부르신 이유가 단순히 인사나 하자는
건 아닐 테고."

　"예, 다름이 아니라 김성일 씨를 제 전문 트레이너로 고용
하고 싶습니다."

　예상하고 있었는지 김성일이 고개를 끄덕였다.

"제 몸값은 비쌉니다."

"연봉을 많이 받게 될 거 같습니다."

"으흠……."

김성일도 눈이 있고 귀가 있다.

당연히 찬열의 연봉에 대해서도 들은 바가 있었다.

"연봉은 어떻게든 맞춰 드리겠습니다. 또한 최고 대우도 약속드립니다."

김성일의 능력을 익히 알고 있는 찬열이다.

그렇기 때문에 어떻게든 그를 잡고 싶었다. 또다시 그가 자신을 도와준다면 좋은 성적을 낼 수 있을 것 같았다.

간절한 찬열의 부탁에 김성일이 고개를 끄덕였다.

"연봉 협상부터 해보도록 하죠."

"알겠습니다."

찬열의 입가에 미소가 그려졌다.

* * *

김성일과의 협상은 잘 이루어졌다.

고액의 연봉을 요구했지만 충분히 지급할 가치가 있다고 판단을 내렸다.

덕분에 김성일은 찬열의 전속 트레이너가 됐다.

다음 날부터 본격적인 훈련에 들어갔다. 김성일은 찬열의 데이터를 측정하는 것부터 시작했다. 온몸에 센서를 장착하고 각종 테스트를 하는 찬열의 모습을 바라보던 김성일이 김영재에게 물었다.

"김 대표님."

"예."

"정찬열 선수가 운동을 시작한 게 언제부터라고 하셨죠?"

"미국에 온 뒤부터니까…… 일주일 정도 지났을 겁니다."

"그 전에는 휴식을 했고요?"

"예, CF 촬영이나 인터뷰, 행사를 하긴 했지만 대부분 체력을 회복했습니다."

"다른 훈련은 한 게 없고요?"

"제가 알기에는 그렇습니다. 왜요? 무슨 문제라도 있나요?"

"아닙니다."

김성일의 시선이 다시 모니터로 향했다.

더 이상 묻기도 뭐했기에 찜찜하지만 김영재는 찬열을 바라봤다.

'훈련을 쉬었는데도 이 정도의 수치라니.'

모니터에 뜬 수치를 보는 김성일의 눈에 놀람이 나타났다.

하지만 금세 사라졌기에 누구도 보지 못했다.

'작년에 나와 훈련을 했을 때보다 더욱 좋아졌다. 이는 스프링캠프나 시즌 중에도 내 스케줄대로 훈련을 했다는 말이다.'

김성일은 다양한 선수들을 만나왔다.

그들 중에는 엘리트 의식에 취해 있는 선수들도 있었다.

그러다 보니 다양한 트러블이 일어나기도 했었다. 그렇지 않더라도 대부분의 선수는 시즌 중이나 팀에 복귀를 하면 자신의 훈련법을 따르지 않았다.

각 팀에 소속된 트레이너가 더 뛰어나다고 생각했기 때문이다. 그런데 찬열은 자신의 훈련 스케줄을 그대로 따랐다.

자신이 그러라고 한 적도 없는데도 말이다. 기분이 좋았다. 직접 고안해 낸 방법이 인정받은 것이기 때문이다.

'새로운 훈련 스케줄을 짜야겠군.'

김성일의 입가에 미소가 그려졌다.

작년의 스케줄을 그대로 사용하면 더 이상 발전을 하지 못한다. 그것을 알기 때문에 김성일은 새로운 스케줄을 짤 준비를 했다.

물론 더 하드하게 말이다.

* * *

훈련을 끝낸 찬열이 샤워를 하고 나왔다.

그런 찬열을 김영재가 맞이했다.

"오랜만에 제대로 된 훈련을 하니까 어떠냐?"

"뻐근하네요."

김성일의 훈련은 여전히 하드했다.

본격적으로 시작을 하지 않았는데도 몸이 뻐근했다.

서로 마주 보고 의자에 앉은 두 사람 중 먼저 입을 연 것은 김영재였다.

"네가 훈련을 하는 동안 한국에 있는 지인을 통해 재단 설립에 대해서 조언을 구했다."

"예."

찬열의 눈이 빛났다.

"너 정도의 수익을 낸다면 재단 설립을 하는 것도 절세의 한 방법으로 쓸 수 있다고 하는구나."

"그래요?"

"응, 내가 말했던 대로 비영리 재단을 운영하면 꽤 많은 세금을 절약할 수 있다."

"그렇군요."

"문제는 재단을 어떻게 운영하느냐다."

"음……."

확실히 그게 문제였다.

자신은 1년의 대부분을 미국에 있었다.

한국에 있는 재단을 운영하는 것에 한계가 있었다.

"전문 경영인을 임명해서 재단을 운영하는 것도 하나의 방법이다. 그런데 만에 하나 그 경영인이 비리를 저지르면 너에게도 타격이 갈 거다."

"즉 믿을 만한 사람을 찾아야 한다는 거네요."

"그렇지."

"그건 제가 생각을 해보도록 하겠습니다. 그런데 재단은 어떤 방식으로 운영을 해야 할까요?"

"다양한 방법이 있다. 일단 자금 규모에 따라 다르긴 하지만 장학금 전달, 야구캠프 운영, 자선 경기, 야구 장비 지원 등 많지."

"그렇군요."

찬열이 고개를 끄덕였다.

조금 더 고민을 해봐야겠지만 조금씩 윤곽이 드러나고 있었다.

* * *

로버트 세로니는 잭 미구엘과 함께 자리하고 있었다.

그는 오늘 보스턴과 담판을 지을 생각이었다.

잭 미구엘 역시 그것을 느꼈는지 다소 긴장된 표정이었다.

"이미 아시겠지만 후보는 둘로 압축이 됐습니다."

"양키스와 우리겠군요."

로버트가 고개를 끄덕였다.

이 정도까지 일이 진행이 됐으면 굳이 숨길 필요가 없었다. 오히려 패를 드러내고 상대가 마지막 딜을 할 수 있게 해야 했다.

"현재로써는 양키스 쪽으로 마음이 기울고 있습니다."

미구엘의 얼굴이 굳어졌다.

저 말은 곧 자신들의 조건보다 양키스의 조건이 높다는 뜻이었다.

"얼마나 더 높은 겁니까?"

"그건 알려드릴 수 없습니다."

"으음……."

"우리는 더 이상 협상을 길게 가지고 갈 생각이 없습니다. 이제 슬슬 결정을 내리고 내년 시즌을 준비해야 하니까요."

"후우……."

미구엘 역시 알고 있었다.

하지만 이 이상의 금액을 부르는 건 자신의 선에서 처리할 수 있는 일이 아니었다.

"잠시 기다려 주십시오."

"얼마든지요."

로버트가 여유롭게 소파에 몸을 기댔다.

잭 미구엘은 자리에서 일어나 어디론가 전화를 걸었다.

"예, 접니다."

[어떻게 되었나?]

상대는 레드삭스의 구단주인 빌이었다. 오늘 로버트와 만남을 가진다는 걸 알기에 빌은 바로 본론을 꺼내길 원했다.

"양키스 쪽에서 저희보다 더 높은 조건을 부른 것 같습니다."

[얼마인지는 이야기하지 않았나 보군.]

"예, 제 예상이지만 아마 3,500만에 옵트아웃까지 넣었을 것으로 보입니다. 로버트는 옵트아웃 신봉자니까요."

[흠…….]

정적이 흘렀다.

미구엘은 기다렸다. 지금 이 통화는 레드삭스의 운명이 걸린 전화나 마찬가지였다.

그것을 알기에 심장이 미치도록 요동치고 있었다.

[옵트아웃은 줄 수 없지.]

심장이 덜컥 내려앉는 기분이었다.

저 말의 뜻은 곧 정찬열을 포기한다는 소리나 같았다.

하지만 뒤이은 빌의 말은 미구엘의 심장을 다시 뛰게 했다.

"예, 알겠습니다."

떨리는 목소리로 대답을 한 미구엘이 전화를 끊었다.

멀리서 그 모습을 지켜보던 로버트는 흐트러진 정장 상의를 정리하며 자리에서 일어날 준비를 했다.

'손을 떠는 걸 보니 아무래도 안 됐나 보군.'

보스턴 레드삭스는 선수에 대해 돈을 잘 쓰지 않는 구단으로 유명했다. 특히 레전드의 대우가 무척이나 형편없었다.

그렇기 때문에 처음부터 행선지 후보에도 넣지 않았다. 하지만 올 시즌 찬열의 성적 덕분에 그들의 태도가 변했다.

예상을 깨고 3,200만 달러의 연봉을 부른 것 역시 놀라운

일이었다.

그러나 거기까지였다.

'제2의 밤비노의 저주가 재현되겠군.'

이번 일로 인해 레드삭스는 팬들의 신뢰를 잃고 언론의 폭격을 받게 될 것이다. 결정은 구단주가 했지만 이 모든 화살은 미구엘에게 향할 것이 분명했다. 그것을 알기에 미구엘이 불쌍하게 느껴졌다.

"오래 기다리셨습니다."

미구엘이 맞은편 소파에 앉았다.

떨리던 손은 어느새 멈춰 있었지만 목소리가 떨리는 건 감추지 못했다.

"대답을 해드리겠습니다."

로버트가 고개를 끄덕였다.

미구엘은 침을 꼴깍 삼키고 입을 열었다.

"계약 기간 13년, 옵트아웃 없이 총액 5억 달러. 이게 저희의 마지막 제안입니다."

로버트의 얼굴이 굳어졌다.

"5억 달러요?"

너무 놀란 찬열이 되물었다.

로버트가 고개를 끄덕여 다시 한 번 확인시켜 주었다.

"예."

"자…… 잠깐만요. 5억 달러면 한화로 얼마나 되는 거죠?"

너무 큰 액수라 감이 잡히지 않았다.

암산을 해보려던 찬열에게 로버트가 말했다.

"1달러당 1,144원이니 5,720억입니다."

할 말을 잃었다.

너무 큰 액수였기에 반응을 보일 수가 없었다.

그건 김영재 역시 마찬가지였다.

분명 큰 계약이 될 거라 예상했다.

그러나 김영재나 찬열이 예상했던 건 3억 달러 정도다.

이유도 있었다.

현재 메이저리그 연봉 총액의 1위와 2위는 A-로드가 가지고 있었다.

2001년 2억5천200만 달러의 계약을 맺은 A-로드는 08년 옵트아웃을 이용 2억7천500만 달러의 계약을 다시 한 번 만들었다.

이는 메이저리그 역대 계약 규모 중 1, 2위에 랭크되어 있었다. 그래서 3억 달러를 예상했다.

최대 계약 규모를 깨는 수준에서 계약이 될 거라 예상했다.

그런데 5억 달러라니? A-로드의 2배에 달하는 계약이나 마찬가지였다. 한데 더 놀라운 말이 로버트의 입에서 나왔다.

"계약에 대해서 조금 더 협상을 해야겠습니다."

"예?"

너무 놀라 자신도 모르게 물었다.

하지만 정말 의외의 말이었기에 되줍지는 않았다.

"옵트아웃을 끝까지 거절하고 있습니다. 미스터 정이라면 30세의 나이에 다시 한 번 거액의 계약을 따낼 수 있습니다."

무려 5억 달러다.

그런데도 불구하고 눈앞의 남자는 그 이상을 바라고 있었다.

"양키스에도 이 정보를 흘려야겠습니다. 다시 한 번 협상을 하면 그들도 총액을 올릴 겁니다."

로버트는 자신의 계획을 이야기했다.

하나같이 맞는 말들이다. 더 많은 돈을 벌기 위해서라면 그의 이야기를 들으면 됐다.

하지만.

'뭐지? 이 찜찜한 느낌은……?'

찬열은 아무 말 하지 않고 로버트의 이야기를 경청했다.

* * *

다음 날.

로버트는 양키스 관계자를 만나러 호텔을 나섰다. 김영재도 일 때문에 바빴다. 찬열은 김성일과 함께 훈련을 진행했다.

"오늘은 순발력을 기르는 훈련을 진행할 겁니다. 근력과 스피드를 동시에 사용하니 집중해 주세요."

"알겠습니다."

훈련이 시작됐다.

김성일의 훈련은 한 가지를 반복해서 하는 훈련이 아니었다. 다양한 운동법을 접목시켜 자신만의 독특한 시스템을 만들었다. 덕분에 몸이 적응하기 전에 훈련법이 계속해서 바뀌었다.

'음.'

찬열의 몸에 금세 땀이 흘렀다.

호흡도 거칠어졌다.

그 모습을 지켜보는 김성일의 눈에도 불만이 들어찼다.

한 세트가 끝날 무렵.

"스톱!"

김성일이 훈련을 중단시켰다.

그의 시선은 모니터로 향해 있었다.

거기에는 찬열의 뇌파 그래프가 그려져 있었다.

"후우…… 후우……. 갑자기 왜…… 후우―! 그러세요?"

"훈련에 전혀 집중을 하지 못하고 있습니다. 이대로라면 훈련의 효과가 없어요."

모니터에 그려져 있는 찬열의 뇌파는 심하게 요동치고 있었다. 또한 눈동자의 움직임이나 근육의 반응 등. 모든 것이 평소와 달랐다.

"오늘 훈련은 여기까지만 하겠습니다."

"예?"

"이런 정신 상태로 계속해 봤자 그건 훈련이 아니라 그냥 몸을 움직이는 것밖에 되지 않습니다."

엘리트 운동선수인 찬열이 단순히 몸을 움직여 봤자 훈련이 될 리가 없었다.

"오늘은 휴식입니다. 밖에 나가 산책이라도 하면서 기분 전환이라도 하세요."

김성일은 그 말을 남기고 트레이닝실을 나갔다.

"하아……."

홀로 남은 찬열은 한숨을 푹 내쉬었다.

혼자서 훈련을 할 수도 있었지만 그건 김성일을 무시하는 것과 다름없었다. 그걸 알기에 찬열은 방으로 돌아갔다.

물을 틀고 흘린 땀을 씻어내는 찬열의 머리는 복잡했다.

'훈련에 집중 못 한 내 잘못이야.'

훈련을 받으면서도 오늘따라 잡념이 많이 생긴다는 생각을 했다. 문제는 그 잡념의 이유를 정확히 모른다는 것이다.

'내가 상상도 할 수 없던 계약이 눈앞에 와서 그런 걸까?'

그럴 수도 있다.

5억 달러.

무려 5,720억에 달하는 엄청난 돈이다.

전 세계의 사람들 대부분이 만져 보기는커녕 상상도 못 할 돈을 13년 만에 벌 수 있게 되는 것이다.

연간으로 따져도 400억이 넘는 돈을 번다. 그런 계약을 눈앞에 두고 있으니 잡념이 생길 수도 있었다.

'아니야, 그건 아니야.'

하지만 아무리 생각해도 그 문제만은 아니었다.

다른 무언가가 그의 마음을 답답하게 만들고 있었는데 도무지 풀리지 않았다.

'산책이라도 해야겠어.'

샤워를 모두 끝낸 찬열이 가벼운 차림으로 호텔을 나섰다. 선글라스를 끼고 나름대로 얼굴을 가렸다. 호텔을 나서자 환한 햇볕이 내리쬤다.

오랜만에 홀로 하는 외출이었기에 가슴이 뛰었다. 거리를 걸으니 기분이 조금은 풀리는 느낌이었다. 조금 걸어 번화가에 들어서자 그를 알아보는 사람들이 나타났다.

하나둘 사인이나 사진을 요청하는 사람들도 있었다.

찬열은 웃으며 그들의 요청에 부응했다.

'그래도 보스턴보다는 낫네.'

월드 시리즈 당시 보스턴 팬들의 열광적인 반응이 떠올랐다. 정말 호텔 밖에서 한 걸음을 옮기기도 어려울 정도였다.

하지만 이곳에서는 그 정도까지의 반응이 아니었다. 보스턴이 아닌 LA이기도 했고 비시즌이라는 점 역시 크게 작용했다. 덕분에 조용히 시내 구경을 할 수 있었다.

'저거 예쁘네.'

그러다 창가에 전시되어 있는 가방을 발견하고 안에 들어갔다.

'어머니가 좋아하시겠어.'

어머니의 취향을 알기에 찬열은 바로 가방을 구매했다.

천 달러라는 고가였지만 어머니에게 줄 선물이었기에 선뜻 지불했다.

그리고 가게를 나와 근처의 카페로 향했다. 차 한 잔을 시키고 테라스에 앉아 거리를 내려다보았다. 바쁘게 움직이는 사람들의 모습이 보였다. 산책을 해서 그런지 몰라도 답답했던 기분이 조금은 풀렸다.

"응?"

그때 거리를 뛰어다니는 한 소년을 발견했다.

중학생쯤 되었을까?

흑인 소년은 가방을 메고 여기저기를 달리고 있었다.

달리다 멈춰서 고개를 좌우로 흔드는 걸 보니 누군가를 찾는 듯했다.

'흠.'

흑인 소년은 이내 시야 밖으로 사라졌다.

찬열도 금세 흥미를 잃고 다시 사람들을 구경했다.

삼십 분쯤 뒤.

찬열이 카페를 나섰다. 다시 호텔로 돌아갈 생각이었다. 인파를 뚫고 천천히 걷던 찬열의 귀에 빠르게 달려오는 발소리가 들렸다.

걸음을 멈추고 고개를 돌렸을 때.

저 멀리서 사람들을 피해 달려오는 흑인 소년이 보였다.

'저 아이는…….'

분명 테라스에서 봤던 소년이었다.

'아직 못 찾았나?'

그리 생각을 하며 옆으로 슬쩍 비켰다.

하지만 소년은 지나가지 않고 찬열의 앞에 딱 섰다. 얼마나 뛰어다녔는지 상의가 땀에 절어 축축한 게 눈에 보였다.

이 한겨울에 말이다.

'대단하네.'

"흐읍…… 흐윽……!"

거칠게 호흡을 뱉어대는 소년을 보며 찬열이 다시 걸음을 옮겼다.

그때였다.

덥썩-!

자신을 잡아당기는 손에 걸음이 멈췄다.

뒤를 보니 상의를 잡아당기고 있는 흑인 소년이 보였다.

"미…… 미스…… 터…… 정……!"

"응?"

자신의 성을 부르는 소년의 목소리에 찬열이 의아한 표정을 지었다.

"후우…… 후우……!"

깊게 숨을 몰아쉬며 호흡을 정돈한 소년이 가방을 앞으로 돌리더니 안에서 무언가를 꺼냈다.

그건 미트였다.

"사, 사…… 인 좀 부탁드려요!"

찬열은 설마 하는 생각으로 물었다.

"설마 날 찾아다녔던 거야?"

"네!"

흑인 소년이 해맑게 웃으며 고개를 끄덕였다.

"허……."

자신을 찾기 위해 저렇게 뛰어다녔다니.

감동적이면서도 미안하기도 했다.

"여기서는 조금 그러니까 저쪽에 들어가서 해줄게."

이곳은 대로변이다.

멈춰서 사인을 하면 사람들이 몰려들게 분명했다.

또한 힘들었을 소년에게 음료수라도 사주고 싶었다. 찬열은 소년과 함께 카페에 들어가 과일주스를 시켰다. 그리고 구석진 테이블에 마주 보고 앉았다.

흑인 소년은 찬열과 눈조차 마주치지 못하고 과일주스를 쪽쪽 빨았다. 부끄러워한다는 걸 알기에 찬열도 웃으며 미트에 사인을 했다.

"이름이 어떻게 돼?"

"카브레라! 아놀드 카브레라예요!"

"아놀드…… 카브레라……. 자, 여기."

"와아!"

사인이 된 미트를 받아든 카브레라의 눈동자가 반짝반짝 빛이 났다.

그 모습을 보던 찬열이 물었다.

"참, 내가 여기에 있다는 건 어떻게 알았어?"

"트위터요! 누군가 사진을 찍어 올렸거든요!"

"그렇구나."

SNS의 발전을 새삼 느끼게 된 찬열이다.

"LA에서 살면서 보스턴을 응원하는 거야?"

"저 보스턴에서 살아요!"

"보스턴? 그럼 지금은 친척 집에 온 거야?"

"아뇨! 어제 비행기 타고 LA로 왔어요!"

"뭐?"

찬열이 놀란 눈으로 물었다.

카브레라는 해맑은 표정으로 말했다.

"이 트위터에 올라온 게 미스터 정 맞죠?"

카브레라가 스마트폰을 내밀었다.

거기에는 트레이닝복 차림으로 호텔에 있는 자신의 사진이 찍혀 있었다.

올라온 날짜가 분명 어제 아침이었다.

"이 사진을 보고 호텔로 갔는데 안에 들어갈 수가 없더라고요. 그래서 주변에서 기다렸는데 화장실에 갔다 오는 동안 나갔는지 갑자기 시내에서 사진을 찍었다는 거예요!"

카브레라가 과장된 몸짓을 하며 그동안의 사정을 설명했다. 호텔에서 시내로 온 카브레라는 찬열을 찾기 위해 이곳저곳을 달렸다.

덕분에 온몸이 땀에 절어버린 것이다.

'오직 나 하나를 만나기 위해서.'

그런데 이해가 되지 않는 것도 있었다.

"사인이라면 내년에 받아도 되는 거잖아?"

"아……."

카브레라의 얼굴이 급격하게 어두워졌다.

"내년에는…… 레드삭스에 없을 수도 있으니까요……. 전 레드삭스에서 뛰는 정의 사인을 받고 싶었어요."

카브레라의 말이 묵직하게 전해졌다. 자신이 그동안 간과하고 있던 게 있었다. 바로 자신을 응원해 주는 팬이었다.

팬을 등한시하고 오로지 돈만을 보고 있었다. 프로는 돈으로 이야기한다고 생각했다. 하지만 그게 아니었다. 돈만을 본다면 그동안 자신을 응원해 준 팬들, 카브레라 같은 아이의 응원을 무의미하게 만드는 것이나 마찬가지였다.

＊ ＊ ＊

찬열은 카브레라에게 비행기 티켓을 선물했다.

보스턴으로 돌아가는 카브레라를 뒤로하고 찬열은 호텔로
돌아왔다.

홀로 침대에 누워 그는 고민에 잠겼다. 하지만 홀로 답을
내릴 수 없었다.

결국 그는 전화를 들었다.

뚜르르-!

짧은 통화 대기인데도 무척이나 길게 느껴졌다.

뭐라 이야기를 해야 할까?

고민이 됐다.

[여보세요.]

그때 익숙한 목소리가 들려왔다.

아직 잠긴 목소리는 잠에서 깬 지 얼마 안 됐다는 걸 말해
주고 있었다.

"아버지, 저예요."

[오, 그래. 찬열아, 잘 지내고 있는 거니?]

전화 상대는 아버지였다.

"예, 잘 지내고 있어요. 아버지와 어머니도 잘 지내고 계
시죠?"

[그래, 우리야 잘 지내고 있지. 요즘 네 이야기가 뉴스에

자주 나온다. 그쪽 일은 잘 처리되고 있니?]

"네, 걱정 마세요. 아마 조만간에 결정이 날 거 같아요."

[그렇다면 다행이구나.]

약간의 침묵이 흘렀다.

찬열은 자신의 고민을 쉽사리 털어놓지 못했다.

다 큰 어른이 자기가 내리기 어려운 결정을 아버지에게 떠넘긴다는 생각이 들었기 때문이다.

결국 찬열은 고민을 털어놓지 못하고 작별을 고했다.

"그냥 안부 전화 드렸던 거예요. 또 전화 드릴게요."

대답이 없었다.

의아한 찬열이 다시 한 번 입을 열려는 순간.

[찬열아.]

"네?"

[너무 어렵게 생각하지 마라.]

"……."

[어려운 결정을 내려야 할 때지만 그것을 너무 깊게 고민하다 보면 더 어려워진단다.]

찬열은 조용히 아버지의 말을 경청했다.

[어떤 선택을 하건 너의 마음에 후회는 남을 것이다. 다양한 상황에 직면하게 될 것이기 때문이지. 중요한 건 지금 당장이다. 네가 후회하지 않을 선택, 그것을 택하는 게 가장 좋은 거란다.]

"아버……."

[어흠, 네 엄마가 밥 먹으란다. 그럼 이만 끊는다.]

뚝—!

전화가 끊겼다.

찬열은 통화 종료 글자가 뜬 액정을 바라보며 미소를 지었다.

"감사합니다, 아버지."

다음 날.

로버트와 만남을 가졌다.

그 자리에서 찬열은 자신의 의사를 확실히 밝혔다.

"레드삭스와 계약하겠습니다."

"조금 더 협상을 하면 좋은 조건을 가져올 수 있습니다."

로버트는 차분하게 설득했다.

"액수는 그 정도면 충분합니다. 구단에서도 절 인정해 주었으니 굳이 더 욕심을 부릴 필요는 없을 거 같습니다."

"음."

잠시 눈을 감고 고민하던 로버트가 고개를 끄덕였다.

"알겠습니다. 대신 세부 조건을 조금 더 좋게 만들어드리겠습니다."

"잘 부탁드립니다."

로버트와 레드삭스의 협상은 빠르게 진행됐다.

큰 틀에서 합의가 된 이상 큰 잡음은 들려오지 않았다.

찬열도 여유롭게 훈련을 진행할 수 있었다.

고도의 집중력으로 훈련에 임하는 찬열의 모습을 보며 김성일이 고개를 끄덕였다.

'인생에서 가장 중요한 순간이 눈앞에 있으니 흔들리는 게 당연하지.'

그래도 이렇게 빨리 돌아왔으니 된 거다. 이제는 최선을 다해 그를 도와줄 일만 남았다.

계약에 진척이 있자 언론에서 빠르게 냄새를 맡았다.

[정찬열 보스턴 레드삭스 잔류?!]

[최종 후보로 거론되는 뉴욕과 보스턴! 과연 제2의 밤비노의 저주가 재현될 것인가?]

[보스턴 시민들 펜 웨이 파크에서 정찬열을 잔류시키라는 시위를 벌이다!]

보스턴이 들썩였다. 베이브 루스의 사건이 재현될 수도 있다는 위기감이 그들을 행동하게 만들었다. 그사이에도 로버트와 미구엘 단장의 협상은 계속 이어졌다.

* * *

"최종 협상 내용입니다."

로버트가 한 장의 종이를 내밀었다.

결정을 내린 뒤 4일의 시간이 더 흐른 후에야 최종 협상이 됐다.

찬열이 계약 내용을 찬찬히 읽어갔다.

"전 구단 트레이드 거부권을 포함해 마이너리그 강등 거부권, 25인 로스터 보존과 약간의 인센티브를 추가했습니다."

"그렇군요."

"또한 옵션 부분을 확인해 보시면 알겠지만 영구결번에 대한 보장도 받았습니다."

"700홈런이군요."

엄청난 수치다.

메이저리그 역사를 통틀어도 700홈런은 단 3명만 기록했다.

"뭐, 사실 옵션에 넣을 필요는 없습니다만 레드삭스가 워낙 영구결번에 인색하다 보니, 안전장치가 필요했습니다."

신경을 써주었다는 게 느껴졌다.

그 외에도 세부적인 조항은 더 있었다.

비시즌에도 퍼스트클래스 티켓을 제공한다거나 가족이 보스턴에서 머물게 되면 특급 호텔에서 숙박할 수 있는 편의를 준다는 것들이다.

"어떻습니까?"

"이대로 진행해도 좋습니다."

"알겠습니다. 그럼 자세한 일정을 잡도록 하죠."

로버트의 말에 찬열이 고개를 끄덕였다.

* * *

로버트는 양키스에 거절의 의사를 밝혔다.

레드삭스의 계약 조건을 들은 양키스도 더 이상의 금액을 부르지 못했다.

이틀 뒤.

구단주인 빌과 단장인 미구엘이 직접 호텔을 찾았다.

"이렇게 또 보게 되니 기분이 좋군."

"저 역시 마찬가지입니다."

찬열도 웃으며 화답했다.

모두 자리에 앉자 변호사가 서류 가방에서 계약서를 꺼냈다. 양측의 앞에 한 장씩의 계약서가 놓였다.

"다시 한 번 확인하겠습니다."

"그러게."

빌의 허락이 떨어지자 로버트가 신중하게 계약서를 확인했다. 변한 건 없었다. 고개를 끄덕이며 찬열에게 계약서를 넘겼다. 변호사가 미리 준비한 만년필을 그에게 건넸다.

"서명란에 사인만 하시면 됩니다."

로버트의 설명에 찬열이 만년필을 쥐었다.

떨리는 마음을 진정시키고 사인을 서명란에 했다. 빌 역시 마찬가지였다. 서로의 계약서를 바꿔서 또다시 사인을 했다.

"이로써 계약이 성사됐습니다."

변호사의 말에 빌이 자리에서 일어나 찬열에게 손을 내밀었다.

"앞으로도 레드삭스의 일원으로 좋은 활약을 기대하겠네."

"감사합니다."

짧은 인사와 함께 모두 모여 사진을 찍었다. 언론사에 배포할 자료였다. 미구엘이 로버트 그리고 김영재와 함께 따로 이야기를 나누었다.

"미리 이야기했듯이 언론사에 알릴 때는 총 계약 규모에 대해서만 언급을 하도록 하죠."

"알겠습니다."

"예."

"보스턴에서는 10분 뒤에 기자의 트위터로 먼저 알려질 겁니다. 한국 쪽도 준비를 해주세요. 이건 보도 자료입니다."

김영재가 서류를 받았다.

자료가 무척이나 잘 정리되어 있었다. 이걸 번역해서 한국의 언론사에 전하는 건 자신이 할 일이었다.

계약은 끝났지만 해야 할 일은 산더미였다.

'그래도 큰 산은 넘었다.'

김영재와 찬열이 서로를 바라봤다.

한국에서부터 여기까지.

짧은 시간이었지만 같이 동고동락을 해온 두 사람이기에 느끼는 감정은 비슷했다.

* * *

[정찬열 레드삭스에 잔류, 계약 기간은 13년에 총액 500밀리언.]

보스턴 레드삭스 출입기자의 트위터에 짧은 글이 올라왔다. 하지만 이것이 준 파장은 대단했다. 미국 전역은 물론이거니와 한국에도 곧 이 소식이 전해졌다.

수많은 언론사가 새벽 5시에도 불구하고 이 소식을 기사화했다.

인터넷이 뜨겁게 반응했다.

[500밀리언이면 얼마임?]

[5억 달러? 말도 안 된다.]

[13년이면 종신 계약이네.]

[이거 사실임?]

[새벽부터 루머 쩌네.]

대부분 회의적인 반응이 쏟아졌다.

전 세계 스포츠를 통틀어도 총액 5억 달러의 계약 규모는 찾아보기 힘들었다.

하지만 야구 전문가들과 메이저리그의 소식통들이 하나둘 자신의 의견을 트위터에 올리면서 점점 사실로 굳혀졌다.

[소식의 출처가 레드삭스 출입기자인 로버트의 트위터에 나온 걸 봐서는 신빙성이 있네요.]

이 같은 의견에 쐐기를 박은 건 아침 9시가 되면서 발표된 공식 오피셜이었다.

[보스턴 레드삭스는 한국의 정찬열과 계약 기간 13년에 총액 5억 달러의 계약을 맺었음을 발표했다. 이는 메이저리그 역사상 가장 큰 계약 규모로 이전 1위였던 알렉스 로드리게스의 2억7천5백만 달러를 훨씬 뛰어넘는 계약이다.]

공식 발표가 나왔다.

수많은 사람이 경악을 금치 못했다.

공중파 방송에서는 재빠르게 속보로 이 같은 소식을 전달했다.

각종 사이트 1위에서부터 10위까지 찬열과 연관된 검색어가 차지했다. 사람들이 만나면 너나 할 것 없이 찬열의 계약에 대해서 이야기했다.

심지어는 야구에 관심도 없던 사람들 역시 관심을 보였다. 한국만이 아니었다. 가까운 일본이나 대만 역시 기사를 내보낼 정도였다.

이틀 뒤.

보스턴 펜 웨이 파크의 미디어 룸에 수많은 기자가 모였다. 미국과 한국의 언론사가 모여 번잡하게 느껴질 정도였다.

곧 문이 열리고 세 사람이 모습을 드러냈다.

"오, 왔다."

"카메라! 카메라!"

"잘 찍어."

카메라가 움직이고 세 사람에게 포커스를 맞췄다.

레드삭스 단장 존 미구엘, 메이저리그 최고의 에이전트인 로버트 세로니. 그리고 메이저리그 역사상 최고의 계약을 이끌어낸 정찬열이 테이블에 앉았다.

곧 사회인이 소개를 하고 기자회견이 시작됐다.

많은 이야기가 오갔다. 기자들은 궁금한 게 많았는지 질문을 쏟아냈다.

찬열은 차분하게 대답했다.

대답하기 곤란한 문제는 로버트와 미구엘이 나서 차단해 주었다. 기자회견의 현장은 한국에서도 생방송으로 중계되고 있었다. 그래서 찬열은 한국어로 대답하기도 했다.

그때 한 기자가 말했다.

"연평균 4,000만 달러의 연봉을 받게 되셨는데 어떻게 사용하실 생각이십니까?"

한국인 기자의 질문에 찬열이 입을 열었다.

"현재 계획 중이긴 하지만 재단을 설립할 계획입니다."

"재단이요?"

"예, 한국에서 어렵게 야구를 하는 유소년들을 위해 재단을 설립해서 도움을 줄 생각입니다."

"규모는 어느 정도 생각하십니까?"

"그 부분은 아직 정확하지 않으니 따로 자료를 보내드리도록 하겠습니다."

로버트가 적절하게 질문을 차단했다. 하지만 이것만으로도 충분히 찬열의 이미지 마케팅은 성공이다.

한국 사회는 물론이거니와 미국 사회 역시 유명인의 기부에 대해서는 매우 좋은 이미지를 가지고 있었다.

기자회견은 성공적으로 마무리됐다.

다시 한 번 레드삭스 유니폼을 입게 된 찬열에게 보스턴 시민은 환호를 보냈다.

2장

또 다른 꿈을 준비하다

찬열이 한국에 들어왔다. 수많은 기자가 공항을 찾았다. 간단한 인터뷰를 하고 자리를 파했다. 조만간에 기자회견을 연다는 말에 기자들도 조용히 돌아갔다.

차에 오르자 김영재가 일정을 말해주었다.

"국내에서는 기자회견을 제외한 일정을 잡지 않았다. 그러니 가족들과 즐거운 시간 보내라."

"감사합니다."

"그리고 움직일 일이 있으면 내가 동행을 하마. 그러니 언제든지 연락을 해."

"예."

고속도로를 빠져나간 차가 곧 집 앞에 도착했다.

김영재와 작별을 고하고 집에 들어갔다.

찬열이 온다는 소식에 집 안은 시끌벅적했다. 친척들이 모두 모인 것이다.

"다녀왔습니다!"

크게 외친 찬열이 안으로 들어갔다.

"아이고! 어서 와라."

"오느라 고생이 많았어."

"찬열아! 정말 축하한다!"

다양한 반응들이 쏟아졌다.

부모님의 기뻐하는 모습이 참으로 좋았다.

"자, 일단 밥부터 먹자. 그 뒤에 천천히 이야기를 나누자고!"

아버지의 말에 식사시간이 시작됐다.

* * *

가족들과의 만남은 즐거웠다. 자신의 일을 진심으로 축하해 주는 모습에 찬열은 뿌듯했다.

저녁이 되자 친척들이 돌아갔다.

"저 방에서 짐 좀 풀고 올게요."

"그래."

방에 들어서자 대충 던져 둔 캐리어가 보였다.

캐리어를 풀어 옷을 꺼낼 때.

문득 한쪽 벽에 걸려 있는 포스터를 발견했다.

두 명의 위대한 포수들.

"요기 베라…… 그리고 자니 벤치."

포스터를 보자 처음 회귀했을 때가 떠올랐다.

"많이 달라졌지."

회귀 전과 비교했을 때 완전히 상황이 바뀌었다.

상상하지도 못할 돈이 통장에 있었다.

그보다 많은 연봉을 곧 받게 된다.

"두 번의 기회."

자신만 받을 수는 없었다. 그러기 위해서는 재단을 꾸려나갈 사람을 찾아야 한다. 자신이 할 수 없는 일이다.

하지만 마땅한 인물을 찾을 수가 없었다. 처음에는 박현우를 생각했지만 그는 이미 재단을 운영 중이었다. 그의 방식이 있기에 자신의 재단을 맡아 달라 할 수도 없었다.

"어렵네."

다른 사람을 돕는다는 게 이렇게 머리 아픈 일인지 몰랐다.

똑똑-!

"나다."

"들어오세요."

곧 문이 열리고 아버지가 들어오셨다.

"짐은 다 풀었냐?"

"네."

"대충 정리하고 나와서 과일 먹어라."

"예, 곧 나갈게……."

문득 머리를 스치는 게 있었다.

식사시간에 아버지가 말했던 것이다.

"참, 아버지. 사업 언제쯤 정리하세요?"

"음, 아마 내년이면 될 거다."

아버지는 사업을 정리할 생각이었다.

원래 크게 하는 것도 아니었고 최근 관련 업계가 불황을 겪고 있었기에 정리한 뒤 휴식을 취할 생각이었다. 더 이상 자식 걱정을 하지 않아도 되니 과감하게 내린 선택이었다.

주변에서는 찬열이 5억 달러 계약을 맺었으니 정리하는 게 아니냐 라는 말도 했지만 절대 아니었다. 사업을 정리하고 그동안 모은 돈이면 은퇴 자금으로는 충분했다.

최소한 찬열에게 손을 내밀 생각은 추호도 없었다.

"그럼 아버지, 혹시 재단 운영해 보실 생각은 없으세요?"

"재단?"

두 사람은 자리를 옮겼다.

서서 할 이야기는 아니었기 때문이다.

간단하게 차려진 과일상 앞에서 찬열은 자신의 계획을 이야기했다.

"한국에서 활동해서 얻는 수익을 기부하고 그것을 이용해 전국에서 어렵게 야구 하는 아이들에게 또 다른 기회를 주고 싶어요."

"그런데 재단을 운영할 사람을 찾기 어려운 거구나."

"예, 아이들을 돕는 일이니만큼 믿을 수 있는 사람에게 맡기고 싶습니다. 재단 일이라고는 해도 사업체를 운영하시는 것보단 여유롭게 하실 수 있을 거예요."

찬열은 아버지의 성격을 잘 알고 있었다. 비리를 싫어해서 회사 운영도 언제나 투명하게 해온 분이다.

반평생 동안 사업체를 운영해 왔지만 그동안 세금 신고 한 번 틀린 적이 없었다.

그렇기에 맡기고 싶었다.

아이들이 얻을 수 있는 두 번째 기회를 말이다.

"음, 알았다. 긍정적으로 생각해 보고 답을 주도록 하마."

"감사합니다!"

아버지가 작게 고개를 끄덕였다.

* * *

서울 백제호텔.

수많은 취재진이 모였다.

국내는 물론이거니와 해외의 언론도 보였다.

"이야, 일본 애들에다가 대만, 게다가 미국 애들까지 왔네."

중년의 기자가 껌을 질겅질겅 씹으며 말했다.

"이렇게 많은 언론사가 모이는 건 처음이네요."

"그러게 말이야."

기자들 역시 놀라워하는 광경이었다.

"그만큼 이번 계약이 세상을 놀라게 했다는 거지."

"저기 오네요."

그때 찬열이 모습을 드러냈다. 그의 곁에는 한국 에이전트인 김영재와 세로니 컴퍼니 한국지사의 직원도 동행했다.

"지금부터 보스턴 레드삭스 정찬열 선수의 계약 재체결 기자회견을 시작하겠습니다."

사회자의 안내와 함께 찬열의 소감이 이어졌다. 간단한 인사말이 끝나자 기자들이 순서에 따라 질문을 했다. 소감을 묻는다거나 앞으로의 계획을 물어보는 정석적인 질문이 이어졌다.

물론 날카로운 질문도 있었다.

"보스턴 레드삭스를 최종 선택하신 이유가 무엇입니까? 세금이나 옵트아웃 등, 여러 측면에서 봤을 때 뉴욕 양키스의 조건이 더 좋은 거 같은데요."

레드삭스가 찬열의 계약을 발표한 직후.

양키스 역시 자신들의 계약 조건을 공개했다.

물론 직접적인 공개는 아니었고 기자가 트위터에 올린 것이지만 거의 정확한 조건이었다. 양키스는 자신의 팬들에게 찬열을 잡기 위해 이렇게 노력했다는 걸 어필하기 위해 공개를 한 것이다.

"제가 레드삭스를 선택한 건 제게 존경심을 보여주었기 때문입니다. 계약 과정에서 별다른 잡음이 나오지 않을 정도로 충분히 좋은 협상 태도를 보여주었습니다. 또한 보스턴에서 받았던 팬들의 열렬한 응원 역시 잊을 수 없었습니다."

잠시 말을 멈춘 찬열이 다시 말을 이었다.

"마지막으로 한곳에서 꾸준히 야구를 할 수 있다는 안정감이 좋았습니다."

찬열의 답변은 곧 기사화되어 공개됐다.

그 뒤로도 다양한 질문들이 이어졌다. 미리 준비해 둔 답변대로 대답을 하며 그의 기자회견이 성공리에 마무리됐다.

* * *

공식 일정을 끝낸 찬열은 박현우와 만났다.

"잘 지내셨어요?"

"그럼 잘 지냈지. 영재 형님, 오랜만입니다."

"그래."

세 사람이 간단히 인사를 하고 자리에 앉았다.

이미 용건을 알기에 곧장 본론을 꺼냈다.

"재단 쪽에 기부를 한다니. 그게 무슨 소리냐? 너도 재단을 운영하기로 결정했잖아?"

"당장 시작하기는 힘들 거 같아요. 그래서 일단 형님 쪽 재단에 기부를 해서 어려운 애들을 돕고 싶습니다."

아버지가 재단을 맡아주기로 했지만 사업체 정리가 남아 있었다. 당장 시작하는 건 무리가 있었다. 그래서 생각해 낸 것이 박현우의 재단에 기부하는 것이었다.

"음, 뭐 나야 좋지. 기부금은 언제든지 환영이니까."

"금액은 5억 정도 생각하고 있습니다."

"그렇게나 많이?"

놀라는 박현우의 말에 미소를 지은 찬열이 부탁을 건넸다.

"그리고……."

"아아, 민성이라면 걱정하지 마라."

"예?"

"재단 쪽에서 할머님 수술비를 지원해 드렸다. 민성이도 야구를 계속할 수 있게끔 도와주기로 했어. 그리고 네가 기부를 한 것을 이용해 어려운 애들을 주기적으로 지원할 수 있는 시스템을 만들마."

"하하……."

이미 알고 있었다는 듯 대답하는 박현우를 보며 찬열이 어색하게 웃었다.

"잘 부탁드리겠습니다."

* * *

한국에서의 스케줄을 끝내고 보스턴으로 돌아왔다.

공항에 도착하자 안젤라가 마중을 나왔다.

"정~!"

온몸을 다해 안겨오는 안젤라를 받아 진한 키스를 나눴다. 오랜만에 만난 두 연인은 서로의 사랑을 가볍게 확인하고 공항을 빠져나왔다.

"한국에서의 시간은 즐거웠어?"

"응, 아주 좋았어."

두 사람의 다정한 모습에 조수석의 김영재가 미소를 지었다.

"참, 나 올해부터 보스턴 지사로 발령됐어."

"정말?"

"응."

"오, 잘됐네. 이제 두 사람 매일 볼 수 있겠는데?"

생각지도 못한 일에 찬열은 무척이나 기뻤다.

차는 곧 호텔에 도착했다.

로비에 들어서 수속을 끝낸 김영재가 찬열에게 말했다.

"내일 저녁에 빌 구단주와 약속이 있는 거 알지?"

"네."

"그래. 그럼 내일 오후 3시에 로비에서 만나자. 난 오늘 약속이 있어 잠깐 나갔다 올게."

"알겠습니다. 다녀오세요."

"그래."

로비를 나서는 김영재를 뒤로하고 두 사람은 방으로 올라갔다.

문을 열고 안에 들어서자마자 누가 먼저랄 것도 없이 두 사람은 격렬한 키스를 나누었다.

* * *

빌 구단주와의 만남은 가볍게 끝났다. 앞으로 잘 부탁한다는 이야기가 전부였다.

호텔로 돌아온 찬열은 김영재와 앞으로 일정에 대해 대화를 나누었다.

"각종 언론사에서 인터뷰 요청이 들어왔다. 미국의 기업에서도 스폰서와 모델 제의가……."

"형님."

묵직한 찬열의 말에 김영재가 수첩을 접었다.

"그래, 말해라."

"훈련을 시작할까 합니다."

김영재는 단번에 말의 의미를 캐치했다.

"내가 너무 들떴구나. 이제 슬슬 시작해야 할 때인 걸 깜박했다. 미안하다."

"괜찮습니다."

"그럼 훈련 일정에 대해서 김성일 트레이너와 이야기를 나뉘봐야겠구나."

"예, 그리고 부탁드릴 게 있습니다."

"부탁?"

"팀을 만들고 싶습니다."

"팀이라니?"

"김성일 씨의 능력은 뛰어납니다. 그렇기에 각 분야의 최고 전문가들을 고용해서 시너지 효과를 내고 싶습니다."

"훈련팀을 꾸리고 싶다는 거구나. 확실히 좋은 방법이다. 그럼 내가 후보들을 수소문해 보도록 하마."

"부탁드리겠습니다."

고개를 끄덕인 김영재가 말을 덧붙였다.

"참, 보스턴에 몇 군데 집을 봐뒀다. 시간 되면 같이 보러 가자."

"예."

앞으로 보스턴에서 긴 세월을 보내야 한다.

그렇기에 집을 구매하기로 결정했다.

두 사람은 앞으로의 멤버에 대해 조금 더 상세한 토론을 한 뒤 회의를 끝냈다.

* * *

찬열의 본격적인 훈련이 시작됐다.

"그동안 쉬시는 동안 새로운 스케줄을 만들어 뒀습니다."

"음……."

프로그램을 보는 것만으로도 신음이 나올 지경이었다.

시간은 길지 않았다. 오전 2시간, 오후 2시간으로 하루 총 4시간의 훈련 프로그램이었다. 하지만 그 강도만 놓고 보면 눈앞이 아찔해지는 기분이었다.

"그리고 이건 식단입니다."

훈련만큼이나 중요한 게 식단이다. 그러나 찬열은 딱히 음식을 제한하거나 하지 않았다. 오히려 보통 사람보다 더 많은 음식을 먹었다.

영양분은 곧 에너지가 되어 긴 시즌을 치를 수 있는 체력으로 바뀌었다. 식단은 갑자기 바꿀 수 없기에 비시즌부터 미리 준비를 해둬야 했다.

"그럼 훈련 시작하겠습니다."

"잘 부탁드립니다."

간단히 인사를 하고 훈련이 시작됐다.

스트레칭 이후 러닝을 시작했다. 물론 평범한 러닝이 아니었다. 입에는 마스크를 써서 호흡을 극도로 제한했다. 이렇게 하면 폐활량이 늘어난다. 또한 프로그램을 조작해 마치 산악지대를 오르는 것 같은 효과를 냈다.

이후에는 가벼운 근력 운동과 유연성 운동을 진행했다.

찬열의 몸은 금세 땀으로 가득해졌다.

'여전히 집중력이 높다.'

뇌파의 상태를 보여주는 그래프를 확인한 김성일이 만족스러운 표정을 지었다.

'정찬열이란 선수를 두고 파워, 유연성, 스피드가 좋다는 이야기가 많다. 하지만 가장 큰 장점은 역시 집중력이야.'

집중력은 스포츠만이 아니라 모든 분야를 통틀어 중요한 요소 중 하나였다. 같은 시간을 들여 일을 하더라도 집중력의 차이에 의해 매우 다른 결과물이 나오기도 했다.

보통 사람의 집중력이 7이라고 했을 때 찬열의 집중력은 20에 육박했다. 괴물 같은 집중력을 보여주기 때문에 더 좋은 효율을 낼 수 있었다.

'올 시즌도 기대가 되는데.'

최근 몇몇 언론을 중심으로 찬열이 11시즌 부진을 겪을 거란 주장을 펼치고 있었다. 그 이유로 메이저리그 경계 대상 1호에 오른 찬열에게 좋은 공을 주지 않을 거란 게 첫 번째 이유다.

두 번째는 바로 찬열이 부담감을 느낄 거란 예상이었다.

하지만 김성일은 다르게 생각했다.

'그 부담감이 있기 때문에 정찬열은 더 좋은 모습을 보여줄 거다.'

훈련에 임하는 자세만 놓고 보더라도 그것을 알 수 있었다. 김성일은 벌써 11시즌이 기대가 됐다.

* * *

2월 스프링캠프가 열렸다.

보스턴 레드삭스의 캠프장에는 수많은 취재기자가 진을 치고 있었다.

"오, 저기 베켓이 온다."

"몸이 좋아졌는데?"

작년 전반기까지 에이스 활약을 해온 베켓의 등장에 취재진들이 카메라 버튼을 눌러댔다. 부상으로 인해 시즌아웃이 됐지만 베켓에 대한 기대는 여전히 높았다.

그 뒤를 이어 레드삭스의 스타들이 등장했다. 베켓의 부재 중 팀의 에이스로 등극한 클레이 벅홀츠, 신성으로 떠오른 카스티요.

그리고 레드삭스의 리더 빅 파피 오티즈까지.

올 만한 선수는 대부분 다 등장했다.

그런데 기자들이 기다리는 한 사람이 좀처럼 나타나지 않았다.

"왜 이렇게 안 오지?"

"작년에는 누구보다 일찍 나왔었는데."

"설마 이제 스타가 됐으니 느긋하게 나오겠다. 뭐, 이런 건가?"

누군가 농담 삼아 말했다. 하지만 갑자기 변하는 선수들을 자주 봐온 기자들은 웃지 못했다.

그때 한 기자가 헐레벌떡 뛰어왔다.

"정은 안에 있어!"

"뭐?"

"그게 무슨 소리야?"

"이미 캠프에 도착해서 훈련을 시작했다니까!"

기자들이 놀란 표정을 지었다. 그들은 선수들 소집 시간보다 2시간은 일찍 도착했다.

즉, 찬열은 그 전에 도착했다는 소리다.

"어디야?!"

"이쪽인가?!"

기자들이 황급히 짐을 챙겨 캠프장으로 들어갔다.

한편 찬열은 개인 훈련 프로그램을 끝내고 클럽 하우스로 돌아왔다. 짐을 풀고 컨디션을 조절하던 선수들이 땀에 젖은 찬열을 보고는 놀란 표정을 지었다.

그의 절친이 된 베켓이 다가와 물었다.

"정! 도대체 언제부터 훈련을 하고 있던 거야?"

"아아…… 3시간쯤 됐나?"

"헐…… 이제 캠프 시작인데 그렇게…….."

말을 잇던 베켓이 입을 다물었다. 작년 월드 시리즈에는 함께 하지 못했지만 기념식에는 참가했던 그였다. 거기서 찬열을 만났고 기자회견을 하는 것도 봤다.

그런데.

'그때보다 몸이 더 커졌다.'

땀에 젖어 몸에 착 달라붙는 티셔츠 덕분에 근육이 선명하게 드러났다.

"잠깐, 옷 좀 벗을게."

자신의 라커룸 앞에 선 찬열이 티셔츠를 벗었다.

"오······."

"와우!"

"지져스······."

그의 근육을 본 선수들이 감탄을 터뜨렸다. 팔을 위로 올릴 때 나오는 등 근육이 특히 일품이었다. 마치 근육 조각 하나하나가 살아서 움직이는 것 같았다.

이두박근과 전완근 역시 엄청나게 발달되어 있었다. 바지를 벗었을 때는 또 한 번의 탄성이 터졌다. 근육이 부풀어 금방이라도 터질 것 같은 모습에 할 말을 잃었다.

'수많은 구단이 정의 공략에 심혈을 기울고 있다.'

몇몇 구단은 올 시즌 찬열을 반드시 잡겠다고 공언을 한 곳도 있었다.

공공의 적이 된다는 건 무척이나 힘든 일이다. 엄청난 분석이 이루어지고 거기에 맞춘 공략법이 나오기 때문이다.

'벌써부터 그들이 절망하는 모습이 선하군.'

베켓은 올 시즌 찬열이 어떤 괴물 같은 시즌을 보낼지 기대가 됐다.

* * *

찬열의 변화된 모습은 엄청난 이슈를 낳았다.

스프링캠프를 진행하면서 간혹 보여준 상의 탈의 장면이 공개됐을 때는 가히 폭발적인 반응이 나왔다.

[등이 화를 낸다!!]

[헐…… 저게 리얼 말 근육이네.]

[와…… 허벅지 보소. 무슨 남자 허리통만 하냐.]

[전완근이 발전된 모습은 파워를 중점적으로 단련을 한 것 같네요.]

[아는 척 쩌네.]

[국민 거품 정찬열.]

[메쟈 80홈런이 거품이면 도대체 다른 애들은 뭐임?]

많은 이의 관심이 집중됐다.

그들이 궁금한 건 하나였다.

찬열의 변화된 모습이 과연 실전에서도 통하느냐였다.

연습 경기에서 좋은 활약을 보여주었지만 사람들은 큰 의미를 두지 않았다.

중요한 건 실전이나 혹은 그에 가까운 경기였다.

바로 시범 경기 말이다.

레드삭스의 첫 번째 시범 경기 상대는 텍사스 레인저스였다. 레인저스의 선발투수는 CJ윌슨이었다. 10시즌 15승 8패 평균 자책점 3.35을 올렸던 에이스급 활약을 펼쳤다. 평균 자책점이 조금 높은 게 흠이었다. 패스트볼이 매우 좋으며 커브와 슬라이더 그리고 체인지업을 주로 던지는 투수였다.

1회.

찬열이 타석에 들어섰다.

1루가 채워진 상황에서 CJ윌슨은 승부를 걸었다.

시범 경기에서조차 피할 이유는 없었다.

"흡-!"

초구 패스트볼이 몸 쪽을 날카롭게 찔러왔다.

뻑-!

"스트라이크!"

찬열은 움직이지 않았다. 원하던 코스가 아니었기 때문이다.

2구는 커브였다. 유인구로 칠 만한 공이 아니었다.

'신중하군.'

장갑의 끝을 당기며 투수를 노려봤다. 당연히 신중할 것이다. 작년 80개의 홈런을 때려낸 타자다. 시범 경기라 하더라도 조심할 수밖에 없었다.

"후우-!"

심호흡을 한 뒤 타석에 섰다.

노리는 공은 패스트볼이다. 초구는 생각보다 몸 쪽으로 붙기에 내버려 뒀다. 한데 구심의 존이 생각보다 넓었다.

가상의 존을 다시 생성했고 거기에 맞췄다.

'구심에 따라 판정을 내리는 존이 다르다. 거기에 불만을 가지면 타격이 말리게 된다. 빠르게 적응해야 돼.'

찬열의 왼발이 위아래로 움직이며 박자를 맞췄다.

윌슨이 발을 내디뎠다.

"차앗-!"

힘찬 기합 소리와 함께 팔이 돌아갔다.

쐐애액-!

맹렬한 속도로 공이 날아왔다.

그 순간 찬열의 발이 배터 박스를 내디뎠다.

타닥-!

허벅지에서부터 시작된 힘을 골반을 회전시키며 증폭시켰다.

"흡-!"

숨을 들이마시며 동시에 상체를 회전시켰다.

부앙-!

바람이 찢어지는 소리와 함께 배트가 돌아갔다.

그 순간 공이 밑으로 뚝 떨어졌다. 체인지업이었다. 배트와 공의 궤적이 어긋났다.

'됐어!'

마운드 위의 CJ윌슨이 주먹을 불끈 쥐었다. 유인구가 통했다고 판단을 내렸다. 너무 이른 판단이었다.

찬열은 체인지업을 확인하고 폼을 변경했다. 상체를 뒤로 젖히고 하체를 숙여 스윙의 궤적을 바꾼 것이다.

따악―!

두 개의 궤적이 하나가 되는 순간, 공이 매서운 속도로 날아갔다.

타구는 순식간에 왼쪽 담장을 넘어갔다.

"오오오!"

"대단한데?"

"저게 가능한가?"

더그아웃에서 지켜보던 몇몇 타자가 찬열의 스윙을 따라 해 봤다.

하지만 쉽게 흉내 낼 수 없었다. 패스트볼을 노리던 스윙에서 궤적을 바꾸는 건 매우 어려운 일이다.

그런데 찬열은 쉽게 해냈다.

'대단한 신체 능력이야.'

찬열의 저런 모습은 작년에도 몇 번 보여준 적이 있다.

히팅 포인트를 잡아둔 상황에서 스윙을 시작했다가 포인트를 바꾸는 건 어려운 일이다.

메이저리그의 수준급 타자라도 말이다. 한데 찬열은 매우 간단히 해냈다. 작년보다 더욱 쉽게 말이다.

'신체 능력이 확실히 발전했어.'

작년부터 찬열을 지켜봐 온 프랑코나 감독은 또 한 번 그의 변화에 감탄을 금치 못했다. 하지만 찬열의 변화는 단순히 타격만이 아니었다.

투런 홈런으로 선취점을 뽑아낸 레드삭스.

그 주인공인 찬열이 마스크를 쓰고 캐처 박스에 앉았다.

'베켓과 호흡을 맞추는 건 오랜만이네.'

자체 청백전에서는 호흡을 맞췄다.

하지만 실전은 처음이다.

찬열의 시선이 타자에게로 향했다. 작년보다 조금 더 신중하게 그리고 많은 정보를 수집했다. 타자에게서 이상한 부분은 찾을 수 없었다.

그때 찬열의 눈이 날카롭게 빛났다.

'호흡이 거칠다.'

정확히 말하면 호흡을 들이마실 때 가슴이 심하게 부푼다. 야구 유니폼은 크게 만들어진다. 그래서 정말 자세하게 보지 못하면 찾을 수 없었다. 하지만 찬열은 찾아냈다.

'그러고 보니 작년 시즌 후반기에 경기에 나서지 못했었지.'

타자의 정보가 떠올랐다.

'올스타 브레이크가 끝나고 마이너리그에서 콜업, 좋은 활약을 펼쳤지만 후반기 다리 골절로 엔트리에서 제외. 이후

복귀했으나 저조한 성적으로 경기에 나서지 못했지.'

하나의 정보가 떠오르자 자세한 것들이 뒤를 따랐다.

'슬럼프를 벗지 못했나 보군.'

흔한 케이스다.

특히 신인들은 좋은 페이스를 이어가다 갑자기 떨어지면 다시 페이스를 올리지 못했다.

그게 다음 시즌에도 이어지는 경우가 많았다.

'그런 타자에게는……'

찬열이 손가락을 움직였다.

베켓이 고개를 끄덕였다.

이후 3루수와 유격수에게도 사인을 주었다.

마지막으로 미트를 내밀었다.

"후우—!"

깊게 숨을 내쉰 베켓이 투수판을 밟았다.

베켓이 다리를 올리는 순간.

쓱쓱—!

찬열이 손을 뻗어 왼쪽의 바닥을 훑었다.

'바깥쪽?!'

타자의 귀에 모래가 스치는 소리가 들렸다.

슬금슬금 홈 플레이트 쪽으로 붙는 그의 모습에 찬열이 미소를 지었다.

그리고는 조심스레 몸 쪽으로 붙었다.

"차앗-!"

베켓이 공을 뿌렸다.

쐐애애액-!

'몸 쪽?!'

뻐억-!

타자가 미처 반응을 하지 못했다.

"스트라이크!!"

구심의 콜에 타자의 고개가 떨어졌다.

초구는 매우 중요하다. 투수에게는 자신감을 심어주기 때문이다. 그 공이 만약 스트라이크존을 통과하는 공이었다면?

타자에게는 자신감의 하락으로 이어진다.

물론 신인일 때나 그렇다. 어느 정도 경력이 쌓이면 일 구에 연연하지 않게 되니까 말이다.

'자, 이제 본격적으로 요리해 볼까.'

초구가 먹힌 이상 이후부터 타자를 요리하는 건 매우 쉬운 일이다.

"흡-!"

후웅-!

"스트라이크!"

2구 슬라이더에 타자의 배트가 헛돌았다.

그리고 마지막 3구.

베켓은 빠른 템포로 공을 뿌렸다.

"차앗-!"

'이번에는 볼이야!'

나가던 타자의 배트가 멈췄다. 공이 위에서 아래로 떨어진 걸 확인하고 유인구로 판단한 것이다.

그 순간 찬열의 몸이 부드럽게 움직였다. 구심의 눈을 몸으로 가린 찬열이 미트에 공이 꽂히는 순간 손목을 꺾었다.

동시에 하체를 내려 구심의 시야를 넓혔다. 순간적으로 공이 들어오는 걸 놓쳤기에 구심은 미트를 보고 판정을 내려야 했다.

"스트라이크! 아웃!!"

* * *

시범 경기에서 찬열은 맹활약을 이어갔다.

7경기에서 7개의 홈런을 때려냈다.

포수로서도 매우 안정적인 플레이를 보여주며 언론의 호평을 얻어냈다.

시범 경기가 모두 끝나고 팀이 보스턴으로 돌아왔다.

"후아! 오랜만에 보스턴에 돌아오니 좋군!"

"그러게 말이야."

"정! 오늘 밤에 바로 집으로 돌아갈 거야? 아니면 같이 한잔하자!"

카스티요가 어깨에 손을 두르며 말했다.

"미안. 집에서 기다리는 사람이 있어서 말이지."

"쳇! 그럼 내일 한잔하자고!"

"알았어. 그럼 먼저 가 볼게!"

"들어가!"

팀원들의 배웅을 받으며 찬열이 구장을 나섰다.

주차장에 도착한 찬열이 키를 꺼내 버튼을 눌렀다.

삐빅-!

한 대의 스포츠카에서 빛이 나며 시동이 걸렸다. 이번에 새로 구입한 페라리 캘리포니아였다. 운전석에 앉은 찬열의 입가에 미소가 그려졌다.

"자, 집에 가 볼까."

순식간에 구장을 빠져나온 차가 빠른 속도로 도로를 질주했다. 보스턴의 거리는 여전했다. 시내를 벗어나 고급 주택가로 접어든 찬열은 호화로운 저택으로 들어갔다. 주차장에 차를 세우고 집으로 들어갔다. 환하게 밝혀진 집에서 안젤라가 나와 그를 맞이했다.

"고생했어!"

"보고 싶었어."

두 사람이 서로를 껴안으며 진한 키스를 나누었다.

고작 일주일이지만 마치 몇 년 동안 헤어진 연인 같은 스킨십이었다.

"배고프지? 저녁 차려뒀어."

"그래?"

기대 어린 시선으로 주방으로 향했다.

큰 식탁에 한식과 양식이 섞여 차려져 있었다.

"올~ 맛있어 보이는데."

"맛있게 먹어!"

찬열과 연애를 하면서 한식을 공부하기 시작한 그녀였다.

덕분에 음식 맛은 매우 좋았다. 집에 누군가 자신을 기다리며 음식을 해준다는 게 매우 기쁜 찬열이었다.

* * *

11시즌 개막이 코앞으로 다가왔다.

많은 언론에서 올해 우승 후보 1위로 보스턴 레드삭스를 뽑았다. 애드리안 벨트레가 텍사스로 이적했지만 이후의 전력 누출이 없었다.

특히 정찬열을 잡은 것이 가장 높은 점수를 받았다.

찬열은 올 시즌 가장 기대되는 선수 1위로 뽑히기도 했다.

특히 이 투표는 팬들이 뽑아준 것이기 때문에 더 의미가 특별했다. 많은 사람의 기대를 받으며 찬열은 11시즌 개막전에 마스크를 쓰고 경기에 나섰다.

[개막전에서 3번으로 선발 출전한 정찬열 선수, 과연 첫 단추를 잘 꿸 수 있을지 기대됩니다.]

개막전 경기는 한국으로도 생중계로 방송되고 있었다.

TV는 물론이거니와 인터넷으로도 방송을 하며 시청자를 끌어들이기 위해 노력했다.

실시간으로 집계가 불가능한 방송과는 달리 인터넷은 동시 접속자를 확인할 수 있었다.

그 수치만 무려 200만에 육박했다. 보통 월드컵 중계가 100만을 오가니 그 2배에 달하는 수치였다.

관계자들이 환호를 지를 수밖에 없었다.

[투아웃 잔루 없는 상황에 정찬열 선수가 타석에 들어섭니다. 확실히 작년과 비교했을 때 몸이 커진 느낌이네요.]

[야구 유니폼은 헐렁합니다. 움직임에 방해되지 않게 하기 위해 크게 만들었기 때문입니다. 그럼에도 불구하고 정찬열 선수의 몸이 커진 게 느껴지네요.]

[시범 경기에서 좋은 활약을 펼쳐 준 정찬열 선수, 페넌트레이스에서도 그 활약을 이어갔으면 좋겠습니다.]

양키스의 선발투수는 에이스 CC사바시아였다.

작년에도 좋은 활약을 펼쳤지만 찬열을 상대로는 이렇다 할 모습을 보여주지 못했다.

'올해는 다르다!'

그 역시 올 시즌을 매우 열심히 준비했다.

살도 빼고 근육을 늘려 구속을 조금 더 보완했다.

'초구는 포심 패스트볼!'

사바시아가 초구부터 사인을 냈다.

포수가 고개를 끄덕이자 그가 깊게 숨을 내쉬었다.

처음부터 정면 승부다.

작년의 굴욕은 두 번 다시 재현하지 않을 생각이었다.

"차앗―!"

후웅―!

있는 힘껏 공을 뿌렸다.

전력투구였다.

부앙―!

찬열의 배트가 매섭게 돌아갔다. 엄청난 속도였다. 마치 공을 부숴버리기라도 하겠다는 듯 돌아갔다.

따악―!

경쾌한 소리와 함께 공이 사라졌다. 사바시아가 급하게 고개를 돌렸을 때 이미 담장을 넘어가는 타구가 보였다.

'이게 무슨……!'

도대체 얼마나 빠르면 공이 벌써 저기에 있단 말인가?

유유히 1루를 돌아가는 찬열을 보며 사바시아의 고개가 떨어졌다.

* * *

[쾌조의 스타트! 3타석 3안타 1홈런 4타점 1도루를 기록한 정

찬열!]

첫 단추를 완벽하게 꿴 찬열이었다.

그리고 그 활약은 4월 한 달 동안 이어졌다.

[가장 먼저 10홈런을 기록한 정찬열! 작년과 같은 페이스!!]

[10홈런에 이어 10도루마저 달성한 정찬열!]

[2볼넷 포함 1안타를 기록한 정찬열! 메이저리그 팀들의 고의사구 다시 시작되는가?]

[타격을 피하면 수비다! 또다시 도루 저지에 성공한 정찬열, 4월 한 달간 7개의 도루를 저지하다!]

찬열의 활약에 레드삭스 단장 존 미구엘은 환호를 지르고 싶을 지경이었다.

'이 정도까지 활약을 할 줄이야!'

찬열의 계약을 모든 이가 반기는 건 아니었다.

반대 여론도 컸다.

과연 한 선수에게 4,000만 달러의 연봉을 줄 가치가 있느냐는 것이다. 4,000만 달러면 특급 선수 두 명을 영입할 수 있는 연봉이다. 그런 주장을 펼치며 미구엘 단장의 운영 능력에 대해 비난의 화살을 쏟아내는 언론들도 있었다.

하지만 그 주장은 쏙 들어갔다.

시즌이 개막되고 한 달 동안 찬열이 펼친 활약 덕분이다.

'찬열을 잔류시키는 건 최고의 선택이었어.'

그는 레드삭스의 사령관이 됐다.

타격에서 압도적인 성적을 내고 있지만 투수들을 리드하는 능력 또한 대단했다. 특히 프레이밍과 도루 저지 능력은 최고라 말할 수 있을 정도였다.

'올 시즌도 우승을 향해 달린다!'

미구엘 단장이 주먹을 불끈 쥐었다.

레드삭스의 질주.

지구 내 라이벌인 양키스를 누르고 1위를 질주했다.

그 중심에는 정찬열이 있었다.

4월과 5월.

두 달 동안 25개의 홈런을 때려냈다.

지난해보다 느린 홈런 페이스였지만 그것을 문제 삼는 사람은 없었다. 왜냐하면 홈런이 아닌 다른 부분에서 발전된 기량을 보여주었기 때문이다.

[고의사구에 가까운 볼넷으로 1루에 출루한 정찬열 선수, 투수의 견제가 이어집니다.]

퍽-!

"세이프!"

"우우-!"

[펜 웨이 파크에 야유가 쏟아집니다. 벌써 3번째 견제죠?]

[맞습니다. 최근 정찬열 선수에 대한 견제가 많아지고 있습니다. 주자가 된 이후에도 위험하기 때문이죠.]

[올 시즌 정찬열 선수는 20번의 도루 시도를 했습니다. 그리고…….]

마운드 위의 투수와 눈이 마주쳤다.

찬열은 순간 알 수 있었다.

홈으로 던진다.

그 생각이 끝나는 순간, 투수가 발을 홈 플레이트 쪽으로 내디뎠다.

순간 찬열이 2루로 내달렸다.

"고!!"

뒤에서 1루수가 외치는 게 들려왔다.

찬열은 상체를 더욱 앞으로 숙이며 빠르게 달렸다.

'공은…….'

고개를 돌려 홈을 확인했다.

포수가 막 공을 포구하는 게 보였다.

'내가 빠르다.'

상황 판단을 끝낸 찬열이 밴드 레그 슬라이딩으로 2루에 들어갔다.

퍽-!

몸을 일으킨 뒤에야 공이 2루수의 글러브에 꽂혔다.

"세이프!"

"와아아아―!"

[바로 이런 부분이 정찬열 선수에게 견제를 할 수밖에 없는 이유입니다!]

[이로써 21번의 도루 시도! 그리고 20번을 성공시키는 정찬열 선수입니다!!]

작년에도 찬열은 빠른 발을 자주 보여주었다.

하지만 올해는 작년을 월등히 뛰어넘는 주루 능력을 선보이고 있었다.

일각에서는 잦은 도루로 체력 저하를 예상했다.

그러나 찬열 스스로는 다른 의견을 가지고 있었다.

'몸이 지치지 않아.'

시즌 초반이라고는 하지만 체력적인 문제가 느껴지지 않았다. 김성일 역시 같은 의견이었다.

"정찬열 선수의 체력은 작년보다 더 좋아졌습니다."

전담 트레이너가 된 김성일은 매우 세세한 훈련법을 찬열에게 제안했다.

덕분에 신체적 변화가 눈에 띄게 일어났다.

그 효과는 시즌을 치르는 현재 스스로 느끼고 있었다.

'역시 고용하길 잘했어.'

찬열은 다시 한 번 자신의 선택에 자신을 가지며 경기에 집중했다.

* * *

찬열의 활약은 곧 한국 야구의 흥행과 발전으로 이어졌다.

언론에 자주 메이저리그가 노출이 되면서 야구를 모르던 사람들도 하나둘 야구에 관심을 가지기 시작한 것이다.

덕분에 프로야구의 흥행도는 맑음이었다. 또한 초등학교 야구부에는 포수를 희망하는 아이들이 모여들었다. 학부모들 역시 찬열의 계약을 보고는 자식들에게 포수를 시키기도 했다. 이 같은 일은 예상치 못했던 부분이다.

KBO는 2009년 열린 제2회 WBC에서 좋은 성적을 내지 못해 전전긍긍하고 있었다. 실제로 2010년 중반까지만 하더라도 매우 저조한 관중 동원을 했다.

하지만 찬열의 괴물 같은 시즌이 이어지면서 관중들이 하나둘 야구장을 찾았다. 덕분에 2009년보다 조금 떨어지는 관중 수를 유지할 수 있었다.

그러나 KBO는 자생력을 갖기는 원했다. 외부적인 요인으로 성공했기 때문에 찬열의 성적이 떨어지면 관중 수 역시 떨어질 것으로 봤기 때문이다.

그래서 2013년에 있을 WBC 3회 대회 준비에 박차를 가했다.

"감독을 먼저 선임해야 하는데……."

한국 대표팀은 매번 감독 선임에 있어 잡음을 낳고 있었다. 실전 감각을 위해 현역 감독을 선호했다. 한데 현역 감독들은 대표팀 감독을 맡는 걸 꺼려 했다.

대표팀을 준비하다 보면 소속팀에 대한 준비가 미흡할 수밖에 없기 때문이다.

감독이란 자리가 쇠심줄이라면 상관없었다.

하지만 대부분의 감독이 계약 기간의 여부와 상관없이 시즌 중에도 잘리는 경우가 허다했다. 그러다 보니 대표팀 감독을 맡고 싶어 하는 사람은 거의 없었다.

'대표팀을 전담으로 맡아줄 감독을 찾는 게 최선인데.'

문제는 연봉이다.

프로 감독은 계약금과 연봉을 합치면 십억을 훌쩍 넘는 돈을 받는다.

경험이 적어도 몇억의 연봉을 받는다.

즉, KBO에서 전담 감독을 맡기기 위해서는 그에 상응하는 금액을 지불해야 된다는 소리다.

'몇 년에 한 번씩 하는 국제 대회를 위해 그 정도의 돈을 지불할 수는 없고…….'

머리가 아파왔다.

차라리 누군가 먼저 감독을 하겠노라 말해주는 사람이 있었으면 좋겠다는 생각이 들었다.

총재의 전화가 울린 건 그때였다.

번호를 확인한 총재의 얼굴에 의문이 나타났다.

"이 친구가 웬일이지?"

의아해하면서 그는 전화를 받았다.

* * *

어느덧 여름이 됐다.

메이저리그는 올스타전을 앞두고 정규 시즌이 중단됐다.

찬열은 팬 투표에서 당당히 1위를 차지하며 2년 연속 1위로 올스타전에 참가하는 기염을 토했다.

홈런레이스에서도 우승을 차지하며 많은 팬이 환호를 보냈다. 첫날 올스타전을 끝낸 찬열은 호텔에 돌아와 휴식을 취했다.

"한국에서는 무슨 일이 있으려나."

스마트폰을 꺼내 인터넷에 접속했다.

한국 포털 사이트에 접속한 찬열은 스포츠 야구 메뉴에 들어가 기사를 확인했다. 해외 야구 쪽에서는 자신의 기사가 주를 이루었다.

흐뭇한 미소가 절로 지어졌다.

대부분 댓글 역시 자신에 대한 칭찬들이 줄을 이었다.

"국내는……."

화면을 터치해 국내 야구 소식에 들어간 찬열의 눈이 커졌다.

메인에 뜬 기사 때문이다.

[이동건 감독 제3회 월드 베이스볼 클래식에 다시 한 번 감독직을 맡는다!]

"감독님이……!"

제2회 월드 베이스볼 클래식.

한국 대표팀에게는 최악의 결과가 나온 경기였다.

2라운드 탈락.

그로 인해 이동건 감독이 얼마나 많은 비난을 받았는지 누구보다 잘 알고 있었다.

그런데 이동건 감독이 또다시 감독을 맡는다니?

"이런……."

댓글을 확인한 찬열의 눈가가 일그러졌다.

원색적인 비난이 줄을 이었기 때문이다.

[3회 대회도 2라운드 탈락인가요?]

[KBO는 무슨 생각임?]

[아예 국제 대회를 포기하겠다는 거네.]

[이동건 같은 야알못을 왜 대표팀 감독으로 쓰지?]

[그래도 한국 시리즈 우승을 한 감독인데 야알못이라니…….]

[그것도 정찬열이 있으니까 할 수 있었던 거지.]

이외에도 그냥 욕을 하는 댓글들도 있었다.

빠르게 삭제되고 있는 것 같았지만 마음이 아팠다.

"감독님……."

한국에 있던 시절 많은 걸 배웠다.

자신을 믿어주었기에 투수들을 리드할 수 있었고 포수로서 한 단계 성장할 수 있었다. 감독의 위치에서 그것이 쉬운 선택이 아니라는 것 역시 잘 알았다.

그렇기 때문에 더욱 미안했다.

또한 한국 야구에 대한 미안함도 있었다. 2회 대회에서 원래 한국은 준우승을 해야 했다. 하지만 자신이 오면서 많은 게 바뀌었다. 그 여파로 한국 대표팀은 2라운드 탈락이라는 비참한 결과를 받게 되었다.

'이번에는…….'

찬열은 남몰래 다짐을 했다.

만약 한국에서 대표팀 요청이 온다면 거절하지 않을 거라는 다짐을 말이다.

*　*　*

올스타 브레이크 이후에도 찬열은 좋은 활약을 이어갔다.

7월이 끝나고 8월로 접어들 무렵. 찬열은 50홈런을 돌파했다. 2년 연속 50홈런을 달성하게 된 것이다. 도루 역시 37개를 기록 중으로 40-40 달성이 유력해 보였다.

만약 찬열이 40-40을 달성하게 되면 이는 메이저리그 5번째에 달하는 성적이 된다. 또한 2006년 알폰소 소리아노 이후 2000년대 들어 두 번째 선수로 등극이 되는 것이다.

일각에서는 50-50을 기록하는 게 아니냐는 소리도 나왔다. 야구 역사상 단 한 번도 나오지 않은 대기록이 말이다.

이 주장을 우스갯소리로 넘기는 사람은 없었다. 찬열은 이미 80홈런이라는 전무한 기록을 달성한 선수였기 때문이다.

그 주인공인 찬열은 오늘도 마스크를 쓰고 캐처 박스에 앉아 있었다.

'바깥쪽, 포심.'

카스티요가 고개를 끄덕였다.

와인드업과 함께 공을 뿌렸다.

"흡-!"

쐐액-!

97마일의 빠른 공이 날아왔다.

타자의 배트가 돌았다.

딱-!

"파울!"

공이 백네트를 흔들었다.

생각대로다.

구심에게 공을 받아 다시 카스티요에게 넘기며 타자의 상태를 살폈다. 배터 박스에서 물러나 마운드를 노려보는 그의 모습에 찬열의 입가에 미소가 그려졌다.

'대부분 이렇지.'

타자는 투수를 상대한다.

하지만 가장 경계해야 할 건 포수다.

그럼에도 불구하고 포수에게 신경을 쓰는 타자는 많지 않았다. 덕분에 찬열은 타자들의 정보를 많이 수집할 수 있었다. 다시 타석에 들어선 타자의 위치를 확인했다.

'바깥쪽을 의식하고 있다.'

이럴 때 몸 쪽을 공략하면 좋다. 하지만 타자는 올 시즌 몸쪽 공략을 잘하고 있었다. 바깥쪽 타율이 2할 9푼 3리인 반면 몸 쪽 타율은 3할 3푼 7리였다. 무려 4푼이 높았다.

'바깥쪽 슬라이더.'

카스티요가 고개를 끄덕였다.

찬열과 호흡을 맞추면서 그가 고개를 젓는 건 정말 드문 일이었다.

찰떡 호흡이란 말이 절로 어울렸다.

"차앗-!"

카스티요가 공을 뿌렸다.

동시에 타자의 배트가 돌아갔다.

그 순간 카스티요의 공이 밖으로 휘어나갔다.

딱-!

배트의 끝에 맞은 타구가 1루 라인 밖으로 나갔다.

"파울!"

[투스트라이크입니다. 바깥쪽을 공략하는 카스티요와 정찬열 배터리입니다.]

타자가 아쉬워하는 게 보였다.

그럴 것이다.

바깥쪽 포심을 노리고 있었을 테니 말이다.

하지만 카스티요의 슬라이더는 90마일이 넘는 고속슬라이더였다. 포심을 노리고 있다 하더라도 변화하는 슬라이더를 때려내는 건 쉬운 일이 아니다.

'몸 쪽, 포심.'

찬열은 빠르게 승부를 가져갔다.

타자의 의식은 바깥쪽에 집중되어 있는 상황.

카스티요가 와인드업과 함께 전력으로 공을 뿌렸다.

"차앗-!"

쒜애애액-!

공이 무서운 속도로 날아왔다.

뻐억-!

"스트라이크! 아웃!"

구심의 손이 올라갔다.

바깥쪽을 의식하던 타자가 미처 반응도 하지 못한 것이다.

[여전히 좋은 호흡을 보여주는 정찬열 선수와 카스티요 투수입니다.]

[볼 배합이 매우 좋았어요. 타자의 허를 찌르는 몸 쪽 공이었습니다.]

팬들은 그의 타격에 열광을 보냈다.

반면 야구 전문가들은 찬열의 투수 리드와 볼 배합에 찬사를 보내고 있었다. 프랑코나 감독이 인터뷰에서 찬열에게 볼 배합과 리드에 대해 전권을 부여했다는 걸 말한 뒤부터는 그 찬사가 더욱 커졌다.

21세기 들어 포수의 역할은 점점 줄어들었다.

그라운드의 사령관, 야전사령관이란 명칭에 어울리지 않는 모습이었다. 하지만 찬열의 활약은 다시금 포수의 역할에 대해 생각해 봐야 한다는 이야기가 나오기 충분했다.

찬열은 사령관으로서 그라운드 위에서 수비를 지휘하며 레드삭스를 이끌고 있었다.

* * *

9월이 됐다.

그사이 찬열은 60개의 홈런을 그라운드 밖으로 날려 버리며 양대 리그 홈런 1위를 달리고 있었다.

레드삭스 역시 여전히 아메리칸리그 동부지구 1위에 올라 있었다. 2위인 양키스와는 9경기 차로 앞서고 있었기에 큰 변수가 일어나지 않는 이상 우승이 확실시 되었다.

9월 첫 경기.

레드삭스는 토론토 블루제이스를 홈에서 맞이했다.

퍽─!

"볼! 베이스 온 볼!"

[또다시 볼넷입니다. 오늘 경기 두 번째 볼넷을 얻어내는 정찬열 선수.]

[48개의 도루를 기록한 정찬열 선수를 베이스에 내보내는 게 부담이 많이 됐을 텐데요. 하지만 더 무서운 건 역시 63개의 홈런이겠죠?]

[정말 대단한 선수입니다. 거포에다가 발까지 빠르다니 말이죠.]

8월에 찬열은 40-40 클럽에 가입했다.

하지만 찬열의 질주는 멈추지 않았다.

그는 아직 누구도 밟지 못한 성지에 또다시 발자국을 남기려 하고 있었다.

50홈런 50도루. 단 2개의 도루를 남겨둔 상황에서 찬열이 베이스에 나가면 많은 이의 관심이 집중됐다.

또한 투수의 견제도 평소보다 더욱 심해졌다.

퍽─!

"세이프!"

"우우우우우우-!"

[4번 연속으로 견제구를 던집니다.]

하지만 찬열은 여유로웠다.

'투수가 견제를 많이 한다는 건 그만큼 조급하다는 뜻이다.'

또한 견제가 계속 이어질 수는 없었다.

베이스에서 조금 떨어진 찬열의 눈에 마운드 위의 투수, 그리고 3루수와 유격수의 움직임이 보였다.

도루를 잘하는 선수들은 투수만이 아니라 수비들의 움직임까지 봐야 한다. 아주 미세한 차이지만 지금 3루수는 베이스에서 조금 떨어져 있었다.

'홈에 던진다.'

예상대로 투수의 발이 홈 플레이트로 향했다.

타닥-!

"고!"

찬열이 땅을 박찼다.

매섭게 달려가는 그의 뒤로 1루수의 외침이 들려왔다. 포수의 미트에 공이 박혔다. 그 순간을 놓치지 않고 오티즈가 배트를 돌렸다. 찬열을 돕기 위한 스윙이었다.

덕분에 포수의 송구가 반 박자 느려졌다.

그거면 충분했다.

촤아아아악-!

흙먼지를 일으키며 찬열이 2루에 들어갔다.

[49번째 도루를 성공시키는 정찬열 선수입니다!!]

50도루까지 단 1개만이 남았다.

베이스에 도착한 찬열이 옷에 들어간 흙을 털어냈다.

"헤이, 살살 좀 달려. 그러다가 부상이라도 입으면 어떻게 해?"

"이제 3루로 뛸 거야."

"하하!"

2루수가 웃음을 터뜨렸다.

농담으로 들은 것이다.

하지만 농담이 아니었다.

2루에서 3루로 달리는 건 매우 어려운 일이다.

캐처 박스에서 2루까지는 38.795m다.

반면에 3루까지는 27.432m다.

즉, 포수가 던져야 될 거리가 10m나 짧아진다는 소리다.

그렇기 때문에 어지간히 발이 빠르지 않은 이상 3루 도루는 어려웠다. 그러나 찬열은 달릴 생각이었다.

한 가지 확신이 있기 때문이다.

'방금 전 공이 포심이었다. 분명 변화구를 던질 거야.'

상대는 오티즈다.

똑같은 구종을 두 개나 던질 순 없을 것이다.

찬열은 그 틈을 노릴 생각이었다.

'간다.'

또한 투수는 2루에 있는 찬열을 많이 신경 쓰지 않았다.

올 시즌 찬열이 3루 도루를 감행한 적은 한 번도 없었다.

그 데이터는 상대에게도 있다.

'견제는 없을 거다.'

찬열은 일부러 리드를 길게 가져가지 않았다. 평소와 같은 위치에 섰다. 그것을 확인한 투수가 고개를 홈으로 향했을 때. 찬열이 스타트를 걸었다.

"고!"

동시에 유격수가 외쳤다.

하지만 이미 투수의 발은 홈으로 향해 있었다. 찬열은 홈을 쳐다보지 않았다. 2루 도루와 달리 3루에는 주루 코치가 있기 때문이다. 그는 손바닥을 보이며 천천히 들어오라는 사인을 보냈다.

촤악-!

흙먼지가 피어오르며 찬열의 몸이 튕기듯 일어나 베이스 위에 안착했다.

"세이프!"

[3루 도루 성공! 포수 3루에 공을 던질 생각도 하지 못할 정도로 완벽한 타이밍이었습니다!!]

[야구 역사상 최초로 50홈런 50도루의 대기록을 작성하는 정찬열 선수입니다!!]

펜 웨이 파크에 우레와 같은 박수 소리가 쏟아졌다.

* * *

11월.

찬열은 장식장에 놓인 또 하나의 우승 반지를 바라보며 흐
뭇한 미소를 지었다.

장식장에는 한국에서부터 시작된 그의 야구 역사가 고스
란히 담겨 있었다.

메이저리그 진출 이후 2번의 월드시리즈 우승.

실버슬러거와 골드글러브 획득과 시즌 MVP까지.

모든 영광을 누리고 있었다.

"허니! 밥 먹어!"

부엌에서 들려오는 익숙한 목소리에 장식장에서 몸을 돌렸
다. 부엌에 들어서자 안젤라가 테이블에 식기를 올리고 있었다.

"빨리 먹고 공항에 가자."

"응. 참, 태블릿 PC 어디에 있지?"

"저기 식탁 위에."

식탁 위에 놓인 태블릿 PC를 들어 인터넷에 접속했다.

의자에 앉을 때쯤 한국 포털 사이트에 접속이 됐다.

스포츠뉴스의 야구 메뉴에 접속하자 메인 기사에 류성일
의 사진이 떠 있었다.

"오, 드디어 진출 선언했구나."

"뭐가?"

"내 친구 류성일하고 한승현이."

찬열이 태블릿 PC를 그녀에게 건넸다.

"아하, 한국에서 대단했던 선수들이네."

"알고 있어?"

"응. 최근 여러 메이저리그 구단에서 관심을 가지고 있다는 정보가 들어왔거든. 그리고 일본의 스지우치도 마찬가지고."

공교롭게도 세 사람 중 두 사람이 찬열의 회귀와 관련이 있는 인물이었다. 회귀 전, 두 사람은 부상으로 인해 프로에서 제대로 된 활약을 펼치지 못했던 선수였다.

하지만 지금은 아니다.

한승현은 류성일과 함께 한국 야구를 대표하는 에이스였다. 스지우치 역시 마찬가지였다. 일본에서 다르빗슈와 함께 리그 1, 2위를 다투는 투수로 성장했다.

특히 2회 WBC에서 한국을 꺾을 때 선봉장에 섰다.

"스지우치도 메이저리그 진출을 하기로 했다면서?"

"응, 이번 FA는 그래서 투수가 많아. 무엇보다 허니의 성공으로 한국을 보는 눈이 달라져서 친구들이 많이 유리할 거야."

류성일, 한승현, 그리고 스지우치와 다르빗슈 유까지.

총 네 명의 수준급 투수들이 메이저리그 문을 두드린다.

'어떻게 될까.'

이미 회귀 전과 많은 게 바뀌었다.

그들 역시 더욱 강해져 한국에서 많은 기록을 갈아치웠다.

바뀐 그들이 메이저리그에서 무슨 활약을 보여줄지 기대가 됐다.

"자! 이제 그만 보고 어서 밥 먹자! 이러다가 비행기 시간 놓치겠어!"

"응."

안젤라의 재촉에 찬열은 태블릿 PC를 내려놓았다.

* * *

한국에서의 찬열의 인기는 상상을 초월했다. 2년 연속 메이저리그 최정상급 활약을 한 덕분이다. 특히 야구의 본고장인 메이저리그에서조차 누구도 이루지 못했던 기록을 달성했다는 것 역시 사람들의 관심을 폭발시키기에 충분했다.

안젤라는 직접 눈으로 목격한 찬열의 인기에 혀를 내둘렀다.

"와…… 우리 허니 정말 대단한 사람이네. 여기서는 완전 영웅이잖아?"

"좀 멋져 보이지?"

"내 눈에는 언제나 멋져 보였어."

쪽-!

볼에 뽀뽀를 해주는 안젤라를 보며 찬열이 미소를 지었다.

그 모습을 보던 김영재가 고개를 저었다.

"아이고 이 닭살 커플."

"하하! 형님, 오늘은 바로 집으로 향할게요."

"그래. 입국 기자회견 하느라 고생했다."

공항에 도착한 찬열을 만나기 위해 엄청난 인파가 몰려들었다. 언론들은 물론이거니와 팬들 역시 대단한 숫자가 모였다. 팬들의 성원에 찬열은 뿌듯했다.

먼 타국에서 경기를 하는 자신을 사랑해 준다는 게 무척이나 감사했다. 인천대교를 지나는 차에서 찬열은 야구를 다시 하길 잘했다는 생각을 했다.

차는 곧 한 아파트 단지로 들어섰다.

올해 부모님은 조금 작은 평수로 이사하셨다.

찬열이 있을 때야 넓은 집이어도 괜찮았지만 이제는 두 분이 사시니 큰 집이 부담스러우셨기 때문이다.

"태워다 주셔서 감사합니다."

"그래. 푹 쉬고 내일 다시 보도록 하자."

"예."

"안젤라도 잘 쉬고."

"예~"

차가 곧 단지를 빠져나갔고 찬열은 안젤라와 함께 엘리베이터에 몸을 실었다.

"갑자기 막 떨린다."

"왜? 우리 부모님은 자주 만났잖아?"

"그거야 미국이고. 한국에 와서 뵙는 건 처음이잖아."

"하하, 그건 그렇지."

또한 두 사람은 중대한 발표를 앞두고 있었다.

긴장이 되는 게 당연했다.

'나도 갑자기 긴장되네.'

방금까지만 하더라도 괜찮았는데 갑자기 긴장되기 시작했다. 엘리베이터가 도착하고 두 사람이 문 앞에 섰다. 누가 먼저랄 것도 없이 서로를 바라봤다. 그리고 동시에 고개를 끄덕였다. 다짐을 확인한 뒤에야 찬열이 초인종을 눌렀다.

딩동―!

"찬열이니?!"

기다렸다는 듯 어머니의 목소리가 들렸다.

곧 도어락이 풀리고 문이 열렸다.

그리고 환하게 웃고 있는 어머니의 모습이 보였다.

"다녀왔습니다."

"어서 오렴."

"저도 왔어요!"

능숙하게 한국어로 인사하는 안젤라의 모습에 어머니의 미소가 더욱 진해졌다.

"안젤라도 어서 와."

집에 돌아왔다.

3장

결혼!

식사시간이 끝나고 다과상이 차려졌다.

부모님과의 대화는 시간이 가는 줄 모를 정도로 즐거웠다.

"안젤라는 이번에 휴가받아서 온 거니?"

"네, 한국 구경도 해보고 싶어서 휴가받았어요."

"잘했다. 나랑 서울 구경도 가고 하자꾸나."

"부탁드려요. 어머니."

생긋 웃는 그녀의 모습에 어머니가 미소를 지었다.

한국어 실력이 부쩍 늘어난 그녀가 더욱 마음에 들었다.

커피를 한 모금 마신 아버지가 입을 열었다.

"한국에서 스케줄은 또 바쁜 거냐?"

"광고는 최소한으로 줄였어요. 그래도 인터뷰나 야구 교실 때문에 바쁠 거 같아요."

"음, 야구 교실은 좋은 일이지. 아이들을 만나면 하나하나 잘 가르쳐 주려무나. 또 말을 할 때도 조심히 하고. 지금 너는 아이들에게 우상이나 다름없으니 너의 한 마디 한 마디가 아이들에게 많은 영향을 끼친다."

"예."

"이이는 오랜만에 온 아들한테 또 잔소리예요?"

"크흠!"

"하하……. 참, 이번에 재단에서 장학금 전달식이 언제라고 하셨죠?"

"일주일 뒤다. 참여할 수 있겠니?"

"처음이니 당연히 참여해야죠."

사업을 정리하신 아버지는 재단 설립에 바로 착수했다.

다행히 그동안 사업을 하면서 알아둔 지인들 덕분에 재단 설립에 많은 도움을 받을 수 있었다.

정찬열 야구 재단으로 명명된 재단은 올 연말부터 본격적인 활동에 들어갈 예정이었다. 그 시작이 바로 1기 장학생을 선출하여 매년 야구 장학금을 전달하기로 했다.

물론 무조건 장학금을 주는 건 아니었다. 1년마다 한 번씩 재단이 주최하는 테스트에서 좋은 성적을 거두지 못하면 장학생에서 제외된다. 반대로 좋은 성적을 거두면 다양한 기회를 얻을 수 있다.

"설명을 들었던 대다수의 아이가 미국 전지훈련에 좋은 반응을 보이더구나."

"그래요?"

"아무래도 야구의 본고장에서 야구를 배울 수 있다는 게 많은 동기부여가 되는 거 같다."

찬열은 조니 벤치가 있는 오렌지 브롱크스와 협약을 맺어 아이들이 미국 전지훈련을 받을 수 있게끔 했다.

또한 레드삭스 구단 역시 도움을 주기로 했다. 즉, 한 곳에서만이 아니라 다양한 팀에서 다양한 경험을 쌓을 수 있다는 뜻이었다. 그것도 공짜로 말이다. 그러다 보니 아이들에게 큰 동기부여가 될 수 있었다.

대화가 점점 무르익었다.

찬열은 이제 슬슬 본론을 꺼내야 한다는 생각이 들었다.

"아버지, 어머니."

자세를 바로잡고 진지한 목소리로 자신들을 부르는 아들의 모습에 부모님의 얼굴에 순간 긴장이 나타났다.

안젤라와 함께 한국에 들어온다는 소식을 들었을 때부터 어느 정도 인지를 하고 있었다. 그렇다 하더라도 긴장이 되는 건 여전했다.

"저 안젤라와 결혼하고 싶습니다."

"음."

아버지가 고개를 끄덕였다.

하지만 대답은 없었다.

마치 무언가를 기다리고 있는 사람처럼 말이다.

그러나 찬열은 더 이상 할 말이 없었다.

그런 찬열의 모습에 아버지가 조심스레 물었다.

"그게 끝이냐?"

"예? 예……."

"크흠…… 그래. 뭐, 결혼하고 싶다면 해야지."

"반응이 왜 그러세요?"

"아니다."

대답을 피하는 아버지와 달리 어머니가 웃으며 대답했다.

"사실은 아버지는 너희가 임신을 해서 결혼을 승낙받으러 오는 거라고 생각하셨거든."

"크흐흠! 거참, 그 이야기는 왜 해?"

"거 봐요. 임신은 아니라고 했잖아요."

그러면서 어머니가 안젤라의 손을 꽉 잡았다.

"안젤라, 우리 아들 앞으로도 잘 부탁해."

"네, 어머니."

안젤라가 어머니의 목에 팔을 두르며 포옹을 했다. 어머니 역시 안젤라를 안아주며 가볍게 그녀의 등을 토닥였다.

* * *

다음 날부터 찬열은 바빠졌다.

그동안 밀렸던 인터뷰 요청과 광고 촬영이 줄을 이었기 때문이다. 다행인 건 광고가 많이 줄었다는 점이다.

정확히 이야기하면 광고 요청은 쏟아졌지만 김영재가 대부분 거절했다. 돈보다는 이미지가 더 중요하기 때문이다.

그나마 유지하고 있는 게 퍼펙트 제품의 광고였다.

하지만 퍼펙트 광고는 세계에 송출되는 광고이기에 한국에서 촬영을 하지 않았다. 덕분에 찬열의 광고 스케줄은 일주일 만에 모두 마무리 지을 수 있었다. 그 뒤에 찬열은 정찬열 야구 재단의 장학금 전달식에 참가했다.

단상 뒤 의자에 앉아 장학금을 전달받는 아이들을 보며 찬열은 미소를 지었다.

'다들 다부지네.'

초등학생부터 고등학생까지.

다양한 연령의 아이들이 장학금을 받았다.

그중에는 민성이도 있었다.

민성이는 줄을 서서 장학금과 상패를 기다리다 찬열과 눈이 마주쳤다. 고개를 숙이는 아이의 모습에 찬열은 웃음으로 화답해 주었다.

"이번 순서는 재단 대표이신 정찬열 대표님의 인사말이 이어지겠습니다."

사회자의 안내를 받아 찬열이 단상에 섰다.

짝짝짝짝-!

많은 박수 소리가 쏟아졌다.

뒤이어 플래시가 연달아 터졌다.

마이크 앞에 선 찬열은 단상에 손을 올리고 입을 열었다.

"오늘 장학금을 전달받은 여러분은 또 한 번의 기회를 얻은 겁니다. 그 기회를 살리는 건 온전히 여러분의 노력에 달려 있습니다. 여기서 만족하지 말고 더욱 노력하여 좋은 선수로 성장해 주시길 바랍니다. 감사합니다."

짧고 굵은 연설이었다.

찬열은 가볍게 고개를 숙이고 자신의 자리로 돌아왔다.

그런 찬열에게 아버지가 조용한 목소리로 말했다.

"좋은 연설이었다."

찬열이 미소로 화답했다.

* * *

한국에서의 시간은 즐거웠다.

휴식도 가족과의 시간도 즐거웠지만 무엇보다 친구들을 만날 수 있다는 게 기뻤다.

쨍-!

세 개의 소주잔이 부딪혔다.

불판에서 자글자글 익어가는 고기 위로 알코올이 떨어져 치익-! 하는 소리를 토해냈다.

소주잔의 주인들이 일제히 입에 소주를 털어 넣었다.

"큭!"

"캬악—!"

"좋다."

누가 먼저랄 것도 없이 탄성을 터뜨렸다.

젓가락을 이용해 안주를 집어 먹은 류성일이 말했다.

"내년에는 우리 셋 다 미국에 있겠네."

"우리는 포스팅부터 넘어야지."

한승현의 말에 류성일이 고개를 저었다.

"야! 설마 포스팅에 한 명도 입찰 안 하겠냐?"

"맞아. 내년에는 셋 다 미국에서 뛰고 있을 거다."

찬열이 류성일에게 동조했다.

"승현이 네가 조금 더 빠르지?"

"응, 다음 주에 포스팅 신청서 제출한다고 하더라."

"비용은 어떻게 하기로 했냐?"

류성일의 질문에 한승현이 손가락 두 개를 올렸다.

"2천만?"

"응."

"이열, 찬열이보다 500이나 높은데?"

찬열이 미국에 진출할 때는 1,500만 불의 입찰가를 설정했었다.

"그때와는 사정이 달라졌으니까. 넌 얼마로 하기로 정했는데?”

“구단이랑 에이전트가 상의하고 있는 중이라 아직 모른다.”

“세로니가 에이전트였지?”

“응, 어떠냐? 일은 잘하는 거 같은데 난 한 번밖에 만나 본 적이 없어서 말이지.”

“선수의 입장에서 많이 생각해 줘. 믿고 맡겨도 괜찮을 거야.”

“그렇군.”

로버트 세로니야 워낙 명성이 높았다.

그러니 알아서 잘할 거라는 생각이 들었다.

“승현이 너는 영재 형님이랑 계약했지?”

“응, 너랑 일하는 걸 보니 잘하실 거 같아서 말이야.”

“좋은 선택이다.”

류성일이 잔을 들었다.

“그럼 여기서 한잔하자. 내년 메이저리그에서 꼭 만나기로 약속하면서…….”

“건배!”

세 사람이 일제히 외쳤다.

* * *

이틀 뒤.

찬열은 서울의 호텔 일식집에 앉아 있었다.

차를 마시며 누군가를 기다리던 찬열의 시선이 문이 열리자 돌아갔다. 그리고 익숙하면서도 조금은 변한 중년 남자가 들어왔다.

"오, 찬열아."

"감독님!"

그는 이동건이었다.

미국으로 떠날 때보다 흰머리와 주름이 늘어난 그가 손을 내밀었다.

"정말 반갑다. 작년 일구회 시상식에서 보고 처음이니 1년 만인가?"

"네, 그동안 잘 지내셨죠?"

"하하, 그럼. 오랜만에 야인으로 지내니 정말 좋더구나."

이동건은 올해를 끝으로 와이번스 감독직에서 물러났다.

구단에서는 계약 연장의 뜻도 비쳤지만 이동건이 거절했다. 덕분에 휴식다운 휴식을 취할 수 있었다.

비시즌에 바쁜 건 선수만이 아니다.

감독과 코치들 역시 매우 바빴다. 당장 내년 시즌 팀에 대한 구상부터 해서 선수들의 훈련까지 많은 걸 준비해야 했기 때문이다. 그러다 보니 비시즌 중에도 휴식다운 휴식을 취해 본 적이 없던 이동건이다.

"이번에 와이프와 함께 일본과 대만에 다녀왔는데 그렇게 좋아하더구나. 앞으로는 시간을 조금씩 내야겠어."

자리에 앉으며 말하는 이동건을 보며 찬열이 미소를 지었다. 확실히 예전보다는 날카로운 것이 조금은 사라진 느낌이었다.

"일단 식사부터 하자. 여기 초밥이 아주 맛있어."

"네."

두 사람은 이런저런 이야기를 나누며 식사를 시작했다.

이동건은 찬열에게 있어 감독 그 이상의 존재였다.

식사가 마무리되고 후식이 나오자 이동건이 슬슬 본론을 이야기했다.

"사실 오늘 널 보자고 했던 이유는 부탁이 있어서다."

"부탁이요?"

"음, 13년에 WBC 대회가 있는 건 알고 있지?"

"예, 알고 있습니다."

"그 대회에서 감독을 맡기로 결정이 됐다. 알고 있니?"

"뉴스에서 봤습니다."

"그래. 그 준비를 내년부터 하기로 했다."

"일찍 시작하는군요."

"2회 대회에서 좋은 성적을 내지 못했기 때문에 KBO에서는 꼭 3회 대회에서 성적을 내야 한다고 의견이 모아진 거 같다."

KBO에서 의견이 모였다는 건 이사회를 뜻한다. KBO의 이사회는 각 구단의 단장들로 구성이 되어 있다. 그들은 언

제나 국제 대회에 대해 비협조적이었다. 그런데 의견이 모였
다니 다소 의외였다.

"총재께서 꽤 강력하게 몰아붙이셨다. 선수협 역시 위기
의식을 가지고 있기 때문에 협조를 하기로 했고 말이야."

"그렇군요."

"대략적인 라인업은 짜두고 있다. 내년 시즌 성적에 따라
달라지긴 하겠지만 말이야."

분위기가 무르익었다.

이동건이 차로 입을 적시고는 본론을 꺼냈다.

"그 라인업에 널 넣고 싶다."

"알겠습니다."

바로 대답을 하는 찬열의 모습에 이동건은 순간 할 말을
잃었다. 너무 쉽게 승낙을 했기 때문이다. 그런 생각을 읽어
서인지 찬열이 말을 덧붙였다.

"어느 정도 예상은 하고 있었습니다. 그래서 답을 이미 정
하고 있었어요."

"그랬니?"

"예, 감독님 덕분에 메이저리그에 잘 적응할 수 있었습니
다. 그리고 한국에서 감독님에게 많은 걸 배웠고 국내 팬들
에게도 많은 걸 받았습니다. 제가 필요하다면 꼭 대표팀에
참여하고 싶습니다."

"고맙다."

* * *

찬열은 안젤라와 함께 미국으로 돌아왔다.

결혼 승낙을 받았지만 두 사람은 식을 내년으로 미루었다.

준비를 하기에 시일이 너무 촉박했기 때문이다.

미국에 돌아온 찬열은 다시 훈련에 들어갔다.

이제 휴식은 끝이다. 내년 시즌을 위해 또다시 열심히 달려야 했다. 그사이 한국에서 좋은 소식이 들려왔다.

그것도 두 개나 말이다.

[광주 타이거즈의 한승현 보스턴 레드삭스와 5년 3,000만 달러에 계약 합의!]

[대전 이글스의 류성일 LA다저스와 6년간 총액 4,000만 달러에 계약!]

동갑내기 두 투수의 메이저리그 진출이 확정된 것이다.

또한 한승현은 레드삭스 입단을 결정했다.

올 시즌 레드삭스는 다섯 번째 선발 자리를 놓고 고심을 많이 했다. 결국 시즌이 끝날 때까지 5선발을 결정짓지 못했다. 또한 클로저 역시 정해지지 않았다.

올해 마무리투수로 등판했던 투수가 무려 4명이란 점이 그것을 증명하고 있었다. 그런 점에서 봤을 때 한승현의 영

입은 적절한 선택이었다. 최대 구속 100마일에 육박하는 빠른 강속구가 있기 때문이다.

한국에서는 선발투수로 주로 뛰었지만 국제 대회에서는 마무리투수로 경기에 나서며 좋은 모습을 보여준 그였다.

"잘됐다."

한승현의 메이저리그 진출은 찬열에게 있어 특별하게 다가왔다. 부상으로 인해 사라졌던 그였기 때문이다. 찬열이 해준 작은 조언 하나로 많은 게 바뀌어버린 한승현이다.

그래서 뿌듯했다.

며칠 뒤.

이번에는 일본에서 하나의 소식이 전해져 왔다.

다르빗슈의 텍사스 레인저스 계약 그리고 스지우치의 뉴욕 양키스 계약이었다.

[다르빗슈 유 텍사스 레인저스와 6년간 5,600만 달러에 계약!]

[스지우치 다카노부 뉴욕 양키스와 7년 8,000만 달러에 계약 합의!]

[스지우치는 인터뷰에서 보스턴 레드삭스의 정찬열 선수를 언급하며 삼진으로 잡아내겠다는 포부를 드러냈다.]

자신을 언급했다는 것에 찬열은 대수롭지 않게 생각했다.

"양국에서 2명씩 투수가 메이저리그에 진출했네."

내년 시즌이 벌써부터 기대되는 찬열이었다.

* * *

한승현이 미국에 건너왔다.

입단 기자회견을 끝내고 찬열은 자리를 따로 마련했다.

"이야, 네가 레드삭스에 올 줄이야. 꿈에도 몰랐다."

"레드삭스에서 좋은 조건을 제시해 줘서 올 수 있었다.

"양키스에서도 조건은 괜찮았다면서?"

한승현의 레드삭스행이 결정이 된 뒤.

양키스의 관계자를 통해 한승현에게 신청을 넣었다는 게 알려졌다.

금액도 레드삭스와 별 차이가 없었다.

"양키스 유니폼도 탐이 났지만 네가 이곳에 있어서 조금 더 적응하기 쉽지 않을까 생각했거든."

타국에서의 적응은 무척이나 중요한 문제였다.

"그런 이유라면 잘 해줘야겠는데?"

"잘 좀 부탁한다."

찬열도 기뻤다.

한국에서부터 알고 지내던 동료가 왔다는 사실이 말이다.

그날 이후.

두 사람은 함께 훈련을 하면서 스프링캠프를 준비했다.

처음에는 찬열의 훈련 스케줄에 힘들어 하는 한승현이었다.

덕분에 김성일은 프로그램을 조금 수정해야 했다.

즉 한승현 전용 프로그램을 만들어준 것이다.

"이거는 따로 청구할 겁니다."

"예."

김성일의 훈련에 반한 한승현은 바로 승낙했다.

두 사람은 각자의 프로그램을 수행하며 훈련에 박차를 가했다. 시간이 흘러 스프링캠프가 시작됐다. 찬열은 당연히 메이저리그 스프링캠프에서 시작했다. 하지만 한승현은 마이너리그 캠프에서 먼저 스타트를 끊었다.

두 캠프의 차이점은 마이너리그 캠프가 조금 더 일찍 시작한다는 점이다. 여기서 좋은 모습을 보여주어야 메이저리그 캠프에 초청을 받을 수 있었다. 한승현의 투구 모습을 오래 보지 못했던 찬열이기에 그는 조금 일찍 플로리다에 도착했다.

캠프장에 들어선 찬열은 관중석에 앉아 있는 익숙한 인물을 발견했다.

"감독님."

"정?"

그는 프랑코나 감독이었다.

월드 시리즈 2년 연속 우승을 하면서 다시 한 번 재계약을 맺은 그였다.

찬열이 그의 옆자리에 앉았다.

"이 시기에 여기에는 웬일이야? 캠프는 아직 일주일이나 남았는데."

"그러는 감독님은요?"

"나야 마이너리그에서 쓸 만한 선수가 있나 궁금해서 왔지. 자네는?"

"제 친구가 오늘 경기에 나설 예정이거든요."

"미스터 한 말이군."

"예."

프랑코나 감독의 시선이 그라운드로 향했다.

정확히는 불펜이었다.

그곳에서 몸을 풀고 있는 건 한승현이었다.

"소리가 꽤 좋던데. 한국에서 무척 빠른 공을 던졌다지?"

"100마일을 뿌릴 때도 있었어요."

"흠, 잘 던지면 좋겠군."

메이저리그에서 선수를 영입하는 건 단장과 스카우트의 권한이다. 감독은 그렇게 영입한 선수를 파악해서 잘 활용하는 역할을 맡았다.

그렇기에 캠프 시작 전부터 미리 선수들을 파악해야 했다.

경기가 시작됐다.

박빙으로 진행되는 경기였다.

3 대 3의 스코어.

7회 말에 만루의 위기를 맞이했다.

그 상황에서 한승현이 마운드에 올라왔다.

"첫 등판이 녹록지 않은 상황에서 올라왔군."

이런 상황이야말로 투수의 저력을 보기에 가장 좋았다.

그것을 알기에 프랑코나 감독이 매의 눈으로 날카롭게 한승현을 바라봤다.

연습 투구가 끝나고 첫 타자가 올라왔다.

무사 만루의 상황.

사인을 교환한 한승현이 고개를 끄덕였다.

3루 주자를 눈으로 견제하고 빠르게 발을 내디뎠다.

'퀵모션이 좋다.'

직후 팔을 빠르게 휘둘렀다.

'릴리스 포인트 역시 좋고.'

쐐애애액―!

쓰리쿼터에서 부드럽게 공을 뿌렸다.

빠르게 날아온 공이 그대로 홈 플레이트를 지나쳤다.

빠악―!

"스트라이크!!"

"음……!"

프랑코나 감독의 입에서 탄성이 흘러나왔다. 그만큼 좋은 공이었다. 찬열의 시선이 전광판으로 향했다.

구속이 무려 98마일이 찍혔다.

'하지만 더 좋은 건 크로스파이어로 들어가는 코스였지.'

좌타자의 몸 쪽을 날카롭게 찔렀다.

배트를 낼 수도 없는 코스였다.

'제구는 예전보다 더 좋아진 느낌인데?'

감탄은 일렀다.

한승현은 연달아 포심을 뿌렸다.

타자가 배트를 내밀어 맞췄지만 번번이 파울로 이어졌다.

빠엉-!

"스트라이크! 아웃!"

그리고 끝내 타자를 돌려세웠다.

한 명만이 아니었다.

세 명의 타자를 모두 삼진으로 돌려세우며 비공식 데뷔전을 완벽하게 치러냈다. 무엇보다 만루에서 이루어낸 결과이기에 더욱 뜻깊었다.

"엄청나군."

프랑코나 감독이 순수하게 감탄했다.

그리고 찬열에게 물었다.

"한국에는 저렇게 괴물 같은 선수들이 많나?"

장난 섞인 그의 말에 찬열은 미소를 지을 뿐이었다.

다음 날.

한승현은 메이저리그 캠프에 공식적으로 초청을 받았다.

* * *

[야구의 본고장 메이저리그! 드디어 시즌이 시작되는 개막전! 과연 오늘 아침 시청자 여러분은 어느 팀의 경기를 보고 계십니까?! 류성일의 LA다저스? 추신성의 클리블랜드 인디언스? 아니면 한승현 선수와 2년 연속 홈런왕인 정찬열 선수의 보스턴 레드삭스인가요?!]

[이야~ 이거 결정하기 어렵겠네요.]

[하지만 우리는 보스턴의 경기를 중계하기 위해 와 있습니다! 오늘 경기의 선발투수는 베테랑 투수인 조시 베켓! 그리고 호흡을 맞출 포수는 정찬열 선수입니다!]

[퍼펙트게임이라는 대기록을 세웠던 두 선수의 호흡이 기대됩니다!]

메이저리그에서의 첫 시즌이다.

불펜에 앉아 있는 한승현의 가슴이 뛰었다.

'넌 이런 곳에서 야구를 했던 거냐?'

평생을 지켜온 야구의 본고장 미국, 그중에서도 최고인 메이저리그에 서 있었다.

떨리지 않는 게 이상했다.

그런데도 찬열은 그런 성적을 올리고 있었다.

존경스러울 따름이었다.

뻐억ㅡ!

"스트라이크!!"

불펜에 설치된 스크린을 바라봤다.

마지막 순간 공을 잡으면서 프레이밍을 하는 찬열의 모습에는 긴장감이라곤 보이지 않았다.

'대단한 녀석.'

그러면서도 한승현은 조금씩 자신감을 얻었다.

같은 한국인인 찬열이 할 수 있으면 자신도 할 수 있다.

'어차피 야구를 하는 곳이다.'

경기는 박빙으로 진행됐다.

찬열의 선제 솔로 홈런이 터졌지만 그 뒤로는 점수가 나지 않았다.

상대팀은 철저하게 찬열과 승부를 피했다.

레드삭스는 7회까지 조시 베켓이 2피안타를 기록하며 완벽한 피칭을 선보였다.

하지만 그가 내려간 직후 마운드가 흔들렸다.

뒤이어 올라온 불펜 투수들이 순식간에 2점을 내준 것이다.

위기의 상황.

불펜에 전화가 울렸다.

불펜 코치가 이야기를 나누더니 전화를 끊었다.

"미스터 한! 워밍업!"

"예."

아직 영어를 잘하지 못하는 한승현이지만 간단한 영어로 소통은 가능했다.

불펜에 서서 가볍게 몸을 풀었다.

선발과 불펜 투수의 차이점은 몸을 푸는 것부터 달랐다.

선발은 등판하는 순간이 정해져 있기 때문에 매우 천천히 몸을 풀면 된다.

하지만 불펜은 언제 올라갈지 아무도 모른다.

그렇기 때문에 몸을 푸는 데 시간이 매우 촉박할 때도 있었다.

지금처럼 말이다.

"한! 올라가야 돼."

"예."

마운드를 가리키는 불펜 코치를 보며 고개를 끄덕였다.

몸을 풀기 시작한 지 고작 10분밖에 지나지 않았다.

제대로 풀렸는지 의문이다. 하지만 경기는 그를 기다려 주지 않았다. 불펜의 문을 나오자 외야 쪽에 있는 관중들의 목소리가 들렸다.

"누구지?"

"글쎄."

야구장을 찾는다고 해서 선수 모두를 아는 건 아니다. 그런 팬들은 극히 소수에 불과했다. 그렇기에 한승현을 아는 팬들은 많지 않았다.

'재밌는데.'

이런 분위기에서의 등판은 오랜만이다. 고교야구를 할 때가 마지막이었던 거 같다. 프로에서는 화려한 스포트라이트를 받으며 데뷔를 했었으니까 말이다.

'저 사람들의 머리에 내 이름을 각인시키고 싶다.'

두 번 다시는 누구였지? 라고 말할 수 없게끔 말이다.

마운드에 오른 그에게 투수 코치가 공을 넘겼다.

"연습 투구 해."

영어를 모르는 한승현을 위해 최대한 간단한 단어로 의사를 전달했다.

한승현이 고개를 끄덕이고 공을 받았다.

투수판을 밟고 찬열을 향해 공을 뿌렸다.

"흡—!"

퍽—!

"오~!"

관중석에서 탄성이 터져 나왔다.

그만큼 빠른 공이었다.

자신감을 얻은 한승현의 공이 더욱 날카로워졌다.

찬열의 입가에도 미소가 그려졌다.

'자식, 첫날인데도 좋은 공을 뿌려주네.'

공을 받아보면 투수의 컨디션을 알 수 있다.

한승현은 오늘 최고의 컨디션이었다.

"좋아. 잘해봐!"

투수 코치가 격려를 해주고 마운드를 내려갔다.

찬열도 굳이 마운드를 방문하지 않았다.

흔들리지도 않는 투수를 격려해 줄 필요는 없었으니까 말이다.

"후우……."

깊게 한숨을 내쉰 한승현이 상체를 숙였다.

그의 눈에 빠르게 움직이는 찬열의 손가락이 보였다.

[코리안 콤비의 활약을 개막전부터 볼 수 있다니 정말 기쁩니다!]

[그러게 말입니다. 설마 배터리 모두 한국 선수로 경기를 치르는 메이저리그를 볼 수 있을 줄이야. 꿈에서도 상상을 하지 못했습니다.]

메이저리그 역사상 한국인 투수와 포수가 한 경기에 뛴 경기는 없었다.

많은 관심이 집중되는 건 당연한 일이었다.

[사인 교환이 끝났습니다! 1사 2, 3루의 위기에서 올라온 한승현 선수, 과연 더 이상의 실점을 막고 2개의 아웃 카운트를 올릴 수 있을지 기대됩니다!]

우투수인 한승현이기에 3루 주자의 리드 폭은 적었다.

그랬기에 견제를 길게 하지 않고 바로 홈 플레이트를 향해 발을 내디뎠다.

"흡-!"

후웅-!

채찍처럼 팔이 돌아갔다.

낮게 깔려가는 공이 순식간에 미트에 꽂혔다.

뻐억-!

"스트라이크!!"

[무릎 높이 바깥쪽에 날카롭게 꽂히는 포심 패스트볼입니다!]

[구속도 매우 좋습니다. 초구부터 97마일을 기록하면서 좋은 스타트를 끊었어요!]

그것은 시작에 불과했다.

뻑-!

"스트라이크!"

퍼엉-!

"스트라이크! 아웃!"

[삼구삼진!! 97마일, 98마일! 그리고 99마일의 포심 패스트볼이 연달아 꽂히며 타자를 삼진으로 돌려세웁니다!]

[코스 역시 완벽했습니다. 바깥쪽, 몸 쪽, 몸 쪽을 연달아 찔러 타자를 완벽하게 속였어요!]

첫 아웃 카운트를 잡아낸 한승현은 자신감을 얻었다.

더 이상 메이저리그 무대라는 생각은 하지 않았다.

'여기도 야구를 하는 곳이다.'

그가 와인드업을 했다.

"차앗-!"

뻐억-!

"스트라이크!"

[100마일! 100마일이 찍힙니다! 메이저리그 첫 등판에서 100마일의 강속구를 뿌리는 한승현!!]

　　　　　＊　＊　＊

　한승현의 데뷔전은 완벽했다.

　두 명의 타자를 모두 삼진으로 돌려세웠다.

　게다가 100마일의 포심 패스트볼을 던지며 관객들에게 자신의 이름을 각인시켰다.

　레드삭스는 위기를 넘겼다.

　하지만 경기에서 뒤지고 있는 건 변하지 않는 사실이다.

　[9회 초, 레드삭스가 경기를 뒤집지 못하면 어려워지는 상황입니다.]

　[하지만 레드삭스는 마지막 기회가 있습니다. 바로 이번 이닝에서 테이블세터들이 그리고 정찬열 선수까지 공격이 이어진다는 겁니다.]

　[그것을 아는지 템파베이 진영 역시 아직까지 긴장된 얼굴입니다.]

　딱—!

　[쳤습니다!]

　[우중간에 떨어지는 좋은 타구예요!]

　[1루까지 진루하는 제이코비 선수입니다!]

　레드삭스의 분위기가 좋았다.

　수비에서 루키인 한승현이 좋은 피칭을 보여주니 타격에서도 살아난 것이다.

　'좋은 흐름을 이어주었으니 기회를 살려야겠지.'

부웅—! 부웅—!

찬열이 배트를 흔들며 대기 타석으로 걸어갔다.

배트가 허공을 가를 때마다 굉장한 소리가 울려 퍼졌다.

등골이 오싹해질 정도로 묵직한 소리에 관중석이 떠들썩
해졌다.

그때였다.

딱—!

[땅볼! 3루수 잡았습니다! 하지만 2루는 이미 늦었습니다! 바로 1
루를 저격합니다!]

"큭!"

이를 악물고 달렸다.

어떻게든 살아야 했다.

1루가 비면 고의사구가 나올 것이다.

그렇기에 전력을 다했다.

퍽—!

[비슷한 타이밍입니다! 과연 판정은……?!]

모든 이의 시선이 1루심에게로 향했다.

그때 1루심이 양팔을 좌우로 펼쳤다.

"세이프!"

[세이프입니다! 세이프! 기회가 이어집니다!]

"와아아아아—!"

[마지막 순간, 최고의 기회가 찾아왔습니다!]

찬열이 타석에 섰다.

경기장은 그 어느 때보다 뜨거운 열기로 달아올랐다.

더그아웃에서 바라보는 한승현 역시 긴장된 눈으로 그라운드를 바라봤다.

[만약 여기서 점수를 낸다면 한승현 선수는 첫 승의 요건을 갖추게 되죠?]

[그렇습니다. 8회 말까지 마운드에 올랐으니 승리 요건이 됩니다.]

하지만 이런 정보까지는 찬열의 머릿속에 없었다.

오직 하나.

상대가 어떤 공을 던질지에 대해서만 생각을 했다.

'방금 상황은 충분히 아웃 카운트를 올릴 수 있었다. 하지만 2루를 확인하고 공을 던졌기 때문에 조금 늦은 것이다.'

더블플레이를 염두에 두었기 때문에 일어난 상황이다.

극히 정상적이지만 투수의 입장에서는 아쉬울 수밖에 없었다. 결과가 좋지 않았기 때문이다.

이런 상황에서의 투수는 흔들릴 수밖에 없었다.

'흔들리는 상황에서 투수에게 요구하는 공은 하나밖에 없다.'

투수의 기본이라 할 수 있는 포심 패스트볼이다.

문제는 코스다.

몸 쪽과 바깥쪽 중 어느 쪽을 노릴 것인가?

'어느 쪽도 상관없다.'

배트를 쥔 찬열이 타석에 섰다.

그의 눈이 마운드 위의 투수를 노려봤다.

'어느 곳으로 와도 때린다.'

타이밍을 잡는 찬열을 향해 투수가 초구를 뿌렸다.

"흡-!"

쐐액-!

예상대로 포심 패스트볼이다.

'코스는 바깥.'

찬열이 발을 내디뎠다.

홈 플레이트에 가까운 위치로 내디딘 발 덕분에 바깥쪽 코스로 각도가 나왔다.

그리고 배트를 돌렸다.

후웅-!

따악-!

[쳤습니다!!]

공이 날카롭게 날아갔다.

순식간에 내야를 벗어난 공은 노바운드로 펜스를 때렸다.

[아~ 아쉽게도 넘어가지 않는 타구! 하지만 2루 주자, 그리고 1루 주자 모두 홈으로 들어옵니다! 그리고 정찬열 선수는 3루까지!]

[대단한 타격입니다 정찬열 선수!]

리드를 잡았다.

이후 오티즈의 안타가 나오면서 레드삭스는 순식간에 2

점을 리드했다.

그리고 마지막 순간.

팀의 마무리투수가 마운드에 올랐다.

뻑-!

"스트라이크! 아웃!"

[세 번째 아웃 카운트를 삼진으로 잡아냅니다! 레드삭스 개막전에서 승리를 챙겼습니다!]

[한승현 선수도 개막전 승리투수가 되면서 화려한 데뷔전에 성공합니다!]

* * *

한국에는 메이저리그 열풍이 불었다.

메이저리그에 진출한= 네 선수가 모두 좋은 활약을 이어갔기 때문이다.

정찬열은 3년 연속 홈런왕을 차지하기 위해 맹질주를 시작했다. 4월 한 달에만 15개의 홈런을 때려내며 양대 리그 1위에 등극했다.

한승현 역시 4월에는 불펜 투수로만 마운드에 올라 1승 4홀드를 기록, 평균 자책점은 1점대라는 대단한 성적을 기록 중이었다.

류성일은 선발투수로 마운드에 올랐다. 4월에만 3승 1패를 기록하며 성공적인 스타트를 알렸다.

메이저리그에서 잔뼈가 굵어진 추신성 역시 좋은 활약을 이어갔다. 한국인 메이저리거의 전성시대가 열린 것이다.

야구의 열기가 뜨겁게 달아오른 5월.

KBO는 제3회 월드 베이스볼 클래식의 국가 대표 1차 예비 명단을 발표했다. 국내의 스타플레이어와 해외파를 대거 포진한 예비 명단에 사람들은 환호했다. 특히 정찬열의 이름이 올라갔다는 사실이 팬들을 열광하게 만들었다.

하지만 아직까지도 이동건이 감독이라는 사실에 불만을 표하는 사람들이 있었다. 한 가지 확실한 건 대단히 많은 사람의 관심이 집중됐다는 것이다.

일본에서도 한국에 뒤지지 않는 명단을 발표했다.

텍사스 레인저스에서 좋은 활약을 이어가고 있는 다르빗슈 유와 뉴욕 양키스의 2선발 자리를 꿰찬 스지우치가 포함된 명단이었다.

특히 스지우치는 양키스에서 빼어난 성적을 올리고 있었다. 4월과 5월, 두 달 동안 총 10번 경기에 등판하면서 6승 1패를 기록 평균 자책점은 2.72라는 엄청난 성적을 올리고 있었다. 특히 선발이면서도 포심 패스트볼의 평균 구속이 98마일이라는 점이 메이저리그의 팬들을 사로잡았다.

그리고 6월이 됐다.

여름을 시작을 알리는 첫 경기에 양키스와 레드삭스가 펜 웨이 파크에서 맞붙게 됐다. 공교롭게도 이 경기에서 양키스의 선발은 스지우치로 정찬열과 시즌 첫 맞대결이 성사됐다.

양국에서는 제3회 WBC의 전초전이라면서 엄청난 관심이 집중됐다.

한국을 대표하는 정찬열.

일본을 대표하는 스지우치.

두 선수의 만남과 레드삭스 대 양키스라는 대결 구도가 큰 화제를 모았다.

티켓은 당연히 매진.

한국과 일본 양국에서도 경기를 보기 위해 TV와 인터넷 앞에 많은 사람이 모였다.

[펜 웨이 파크에서 펼쳐지는 레드삭스 대 양키스의 경기, 1회 말 스지우치 선수가 100마일의 빠른 공을 뿌리며 보스턴의 두 타자를 연속해서 잡아냈습니다.]

마운드 위의 스지우치가 가볍게 팔을 돌렸다.

어깨가 가벼웠다.

포수가 어디를 요구하더라도 그곳에 정확히 공을 던질 수 있었다.

'최고의 컨디션이다.'

메이저리그 진출 이후 이런 날은 처음이다.

일본에서도 노히트노런을 기록할 때나 이런 경험을 했었

다.

'잡을 수 있다.'

스지우치의 시선이 타석에 들어서는 찬열에게 향했다.

국가 대표전에서 처음으로 만났다.

당시에는 철저하게 공략당했다.

하지만 이제는 아니다.

'내가 이긴다.'

툭툭─!

로진을 손에 묻히고 마운드 위에 올랐다.

찬열도 타석에 서서 릴랙스한 채 스지우치를 바라보고 있었다.

'오늘 녀석이 던진 공은 포심 4개, 슬라이더 1개. 첫 타자에게는…….'

찬열은 스지우치를 의식하지 않고 있었다.

그에게 있어 오늘 경기는 한일 간의 대결도 아니었고 레드삭스와 양키스의 대결도 아니었다. 그저 하나의 경기였다.

찬열은 언제나 그랬다. 사람들이 어떤 의미를 갖다 붙이더라도 그는 경기 자체에 집중했다.

'포심의 비율이 비정상적으로 높다.'

어떤 투수라도 포심의 비율이 가장 높을 수밖에 없다.

기본적이면서도 가장 위력이 강하기 때문이다.

특히 스지우치처럼 강속구 투수라면 그런 경향이 강하게

나타난다.

'다시 포심을 던질 확률이 높지.'

찬열이 왼발을 들어 발을 내디딜 지점의 땅을 팠다.

이렇게 하면 발이 더 고정이 잘 된다.

"후우-!"

눈을 감고 깊게 한숨을 내쉬었다.

그리고 다시 눈을 떴을 때.

주변의 소음이 사라졌다.

외야의 관중석을 시작으로 외야수, 내야수의 모습이 하나둘 사라졌다. 캄캄한 어둠이 짙게 깔린 배경에 마운드 위의 스지우치만이 보였다.

'와라.'

사인을 교환한 스지우치가 발을 들었다.

그가 다리를 내딛는 것과 동시에 찬열도 발을 내디뎠다.

"흡!"

후웅-!

스지우치의 팔이 회전했다.

찬열의 허리도 회전을 시작했다.

그의 눈에 공이 날아오는 궤적이 보였다.

'때린다.'

배트의 궤적과 정확히 일치했다.

이대로 맞으면 장타로 이어질 게 분명했다.

그때였다.

공이 흔들리는가 싶더니 궤적이 아래로 떨어졌다.

'스플리터!'

스지우치의 주 무기 중 하나다.

궤적이 어긋났다.

이대로라면 빗맞아 내야 땅볼이 될 게 분명했다.

'바꿔야 돼!'

다행인 점은 스플리터의 변화 궤적이 적다는 점이다.

그러나 타자가 스윙을 하는 시간은 찰나에 불과하다. 그 짧은 시간에 타점을 변경하고 스윙의 궤적을 바꾼다는 건 매우 어려운 일이다. 하지만 찬열은 가능했다. 무게 중심을 밑으로 내리고 오른팔을 몸 쪽에 착 붙였다. 스윙의 궤적이 레벨에서 어퍼로 바뀌었다.

공이 날아오는 궤적과 스윙의 궤적이 하나가 됐다.

따악─!

[쳤습니다!!]

하지만 힘을 제대로 싣지 못했다. 약간 먹힌 타구였기에 찬열은 전력을 다해 뛰었다. 1루 베이스를 돌 때 타구가 그린 몬스터에 맞아 떨어지는 게 보였다.

"흡!"

호흡을 들이마시며 속력을 더했다.

그린 몬스터를 맞고 튀어나온 공이 불규칙 바운드가 일어나면서 외야수들이 바로 잡지 못했다. 2루 베이스를 세 발자국 남겨두고 그것을 확인한 찬열의 눈이 빛났다.

'가자.'

타다닥-!

찬열이 베이스를 밟고 그대로 지나쳤다.

[아아! 3루를 노리는 정찬열 선수!! 중견수가 공을 잡아 3루로 뿌립니다!]

하지만 찬열의 발이 더 빨랐다.

촤아악-!

밴드 레그 슬라이딩으로 3루 베이스를 밟았다.

"와아아아-!"

"정! 정! 정! 정!"

펜 웨이 파크가 들썩였다.

비록 홈런은 아니었지만 충분히 의미 있는 타격이 나왔다.

흙을 터는 찬열을 바라보는 스지우치의 눈에 불이 켜졌다.

'3루타라니!'

제대로 던진 공이었다.

그런데 그걸 때렸다.

승부에서 졌다.

'일본에서 많은 사람이 보고 있는데!'

그가 진 이유는 하나다. 너무 큰 부담감을 지고 있었기 때문이다. 일본의 국민들이 지켜본다. 뉴욕의 시민들이 지켜본다. 스스로 부담감을 만들어내 어깨를 무겁게 만들었다. 그 부담감은 상대가 잘 친 것을 스스로가 실수한 것으로 만들었다.

'실수를 만회해야 돼.'

하지만 그 부담감이 실수였다.

어깨가 무거워진 바람에 공을 놓는 위치가 달라졌다.

그 결과.

따악-!

"오오오오!"

오티즈의 배트가 매섭게 돌아갔다.

높게 떠오른 타구에 찬열이 유유히 홈으로 들어왔다.

베이스를 밟은 찬열의 눈에 그린 몬스터를 넘어가는 타구가 보였다.

'잡념이 너무 많아. 오티즈 같은 베테랑이 그런 공을 놓칠 리 없지.'

이곳은 메이저리그다. 괴물이 우글거리는 이런 곳에서 잡념은 곧 패배로 이어진다. 하지만 양키스라는 팀은 그리 쉬운 팀이 아니었다. 곧 투수 코치와 동료들이 올라와 스지우치를 달랬다. 진정을 한 그는 3번째 아웃 카운트를 올리고 1회를 마무리 지었다.

[선취점을 뽑아낸 레드삭스의 수비가 이어집니다!]

＊ ＊ ＊

7회 말.

뻐억-!

"스트라이크! 아웃!"

세 번째 아웃 카운트를 삼진으로 잡아냈다.

마운드를 내려가는 스지우치를 카메라가 잡았다.

[7이닝 2실점 5피안타를 기록한 스지우치 선수! 좋은 성적이지만 표정이 어둡습니다!]

[아무래도 정찬열 선수에게 3안타를 맞은 게 마음에 걸리는 모양입니다.]

[정찬열 선수는 1회 3루타, 4회 안타, 그리고 7회 말에 2루타를 기록했습니다. 이제 사이클링 히트도 노려볼 수 있습니다.]

사이클링 히트.

메이저리그에 진출한 이후 찬열도 기록한 적이 있었다.

그렇다고 하더라도 그 기록의 가치가 줄어들지는 않는다.

게다가 역대 메이저리그에서 사이클링 히트는 고작 300번이 조금 넘게 나왔다.

투수의 노히트노런보다 고작 20개가 더 많을 뿐이다.

이제 홈런 한 방이면 그 기록을 달성할 수 있었다.

또다시 말이다.

[8회 초, 레드삭스의 불펜이 가동됩니다.]

하지만 불행이 찾아왔다.

셋업맨이 초구에 홈런을 맞으면서 급격하게 흔들리기 시작한 것이다.

게다가 그 홈런을 때린 게 하필이면 A-로드였다.

팀의 중심 타자가 홈런을 때려내자 잠들어 있던 양키스의 타선이 살아났다.

[아아-! 순식간에 동점이 됩니다!!]

[게다가 주자까지 1루에 나가 있어요! 투수가 영점을 잡지 못하고 있습니다! 바꿔야 돼요!]

프랑코나 감독이 결단을 내렸다.

투수를 내리고 한승현을 급하게 투입한 것이다.

[한승현 선수! 급한 불을 끄기 위해 마운드에 오릅니다!]

[이틀 전에도 등판해서 2이닝 그리고 21개의 공을 던졌던 한승현입니다. 휴식이 있었으니 괜찮을 것이라 예상됩니다만 어찌 될지 지켜봐야겠습니다.]

연습 투구를 끝내자 찬열이 마운드에 올랐다.

"어때?"

"좋다. 가볍게 뿌리면 될 거 같아."

"그래."

"어려운 상황이지만 잘해보자."

한승현이 고개를 끄덕였다.

캐처 박스에 돌아간 찬열의 시선이 1루 베이스를 확인했다.

'승부수를 띄웠군. 주자가 발이 빠른 녀석이야.'

대주자 전문 요원을 내보냈다.

어떻게든 역전을 하겠다는 의지 표명이었다.

'포심으로 간다.'

이런 상황에서는 어설픈 변화구보단 패스트볼 승부가 가장 좋았다.

찬열이 눈을 감았다.

작년이라면 이 정도 이닝이 진행되는 상황에서는 고도의 집중력을 발휘하기 어렵다.

하지만 올해는 아니었다.

'그 어려운 훈련을 견뎌낸 덕분에 내 체력은 조금 더 강해졌다.'

김성일의 훈련은 여전히 토 나올 정도로 힘들었다. 그만큼 성과도 있었다. 그랬기에 이를 악물고 참았었다.

찬열은 천천히 눈을 떴다. 주변의 모든 상황이 그의 눈에 들어왔다. 집중력 있는 수비들의 움직임, 한 방을 노리겠다는 타자의 준비 자세, 언제든지 뛰겠다는 주자의 움직임까지.

그 모든 정보를 모아 찬열의 손가락이 움직였다.

'포심 패스트볼, 바깥쪽.'

우타자를 상대로 바깥쪽을 던지면 주자를 잡기 더 용이했다.

'2루수, 유격수 주자가 달릴 가능성이 높으니 주의, 3루수

는 유격수 쪽으로 붙어서 수비.'

내야수들이 고개를 끄덕였다.

찬열은 더그아웃 쪽으로 손짓을 했다.

'외야수들을 오른쪽으로 우익수 쪽으로 두 걸음 정도 이동시켜 주세요.'

찬열이 사인을 내면 외야수들이 못 볼 확률이 높다.

그래서 이번 스프링캠프 때 찬열과 더그아웃의 사인을 새로 만들었다. 그걸 확인한 수비 코치가 철제 난간에 붙어 외야수들에게 수신호를 주었다. 그 모습을 본 뒤에야 찬열이 한승현을 향해 고개를 끄덕였다.

"후우-!"

깊게 한숨을 내쉬고 주자를 눈짓으로 견제했다.

하지만 다리에 자신감이 있는지 리드를 줄이지 않았다.

그 순간 찬열의 오른손이 오른쪽 무릎을 건드렸다.

"흡-!"

한승현의 몸이 빠르게 1루 쪽으로 향하더니 동시에 공을 뿌렸다.

쐐액-!

공이 허공을 갈랐다.

놀란 주자가 다급히 귀루했다.

촤악-!

퍽-!

공이 글러브에 꽂히자 1루수가 그대로 주자를 태그했다.

아슬아슬한 타이밍.

하지만 1루심의 손이 양옆으로 벌어졌다.

"세이프!"

[아~ 아쉽습니다!]

[하지만 좋은 견제였어요. 아마 주자의 간담이 서늘해졌을 겁니다.]

실제로 주자의 리드가 줄어들었다.

한승현은 그 타이밍을 놓치지 않고 공을 홈으로 뿌렸다.

그 순간이었다.

탁-!

"고!"

주자가 2루로 달렸다.

초구부터 달리겠다는 사인이 나온 듯했다.

순간적으로 한승현의 볼 컨트롤이 흔들렸다.

덕분에 공이 조금 더 외곽으로 빠졌다.

'잘됐어.'

찬열의 몸이 옆으로 이동했다.

공이 외곽으로 빠진 덕분에 마치 피치 아웃을 한 것 같은 상황이 만들어졌다.

퍽-!

공이 미트에 꽂혔다.

동시에 미트를 옆구리 뒤로 가져가면서 공을 오른손으로

잡았다.

그대로 2루를 향해 공을 뿌렸다.

"흡-!"

쐐애액-!

공이 낮게 깔려 들어갔다.

이미 유격수가 2루 베이스 커버를 들어와 자세를 낮추고 있었다.

뻐억-!

마치 자석에 달려 들어가는 쇠처럼 공이 글러브에 그대로 꽂혔다. 직후 주자가 슬라이딩을 하며 글러브에 터치를 당했다.

픽-!

"아웃!"

2루심의 무참한 사망 선고에 주자가 널브러진 채 고개를 숙였다.

[아웃입니다! 주자 아웃! 빨랫줄 같은 송구에 주자를 잡아내는 정찬열 선수입니다!!]

한승현의 어깨가 가벼워졌다.

실투를 했는데도 오히려 아웃 카운트가 올라갔다.

그 결과 한승현은 남은 두 개의 아웃 카운트를 모두 삼진으로 돌려세웠다.

[위기에 빠졌던 레드삭스를 코리안 콤비가 살려냅니다!!]

분위기가 다시 넘어왔다.

8회 말.

레드삭스는 연타를 터뜨리며 순식간에 양키스를 무너뜨렸다.

그리고 4점을 리드한 상황에 1, 2루.

정찬열이 타석에 섰다.

[사이클링 히트까지 홈런 한 개를 남겨둔 정찬열 선수! 과연 대기록 달성에 성공할 수 있을지 기대됩니다!!]

찬열은 초구를 노렸다.

떨어지는 커브에 그대로 배트를 돌렸다.

따악-!

[쳤습니다!!]

높게 떠오른 타구가 중견수 키를 순식간에 넘었다.

펜스를 넘어간 타구가 좀처럼 떨어지지 않았다.

퍽-!

[아아-! 펜 웨이 파크의 전광판을 그대로 강타하는 타구! 정찬열 선수 본인의 2번째 사이클링 히트를 전광판을 때리는 커다란 홈런으로 자축합니다!]

그라운드를 도는 찬열을 향해 팬들의 열화와 같은 응원이 쏟아졌다.

다음 날.

한일 양국의 언론에서 극명하게 갈린 반응이 쏟아졌다.

일본

[코리언콤비에게 완패한 일본의 에이스 스지우치.]

한국

[코리안 콤비! 일본의 에이스를 격퇴하다!]

스지우치와 정찬열의 대결은 양국의 신경전에 도화선이
되었다.

한국과 일본의 대결은 언제나 화제가 된다.

또한 야구라는 점 역시 양국 국민들의 관심을 집중시켰다.

현재 두 나라에서 가장 인기를 끌고 있는 스포츠가 바로
야구였다. 그러다 보니 두 나라의 언론에서는 매일같이 양국
의 전력을 비교 분석하며 WBC에 대한 예측을 내놓았다.

많은 분석 글이 있었지만 양국에서 내놓은 결과는 비슷했
다. 바로 메이저리거들이 어느 정도까지 포함이 되느냐였다.

그동안 메이저리그 구단들은 한국과 일본 선수들이 국가
대표에 참가하는 걸 꺼려 했다.

이유는 부상과 컨디션 난조 때문이다.

국가 대표라는 특수한 경기에서 부상을 입으면 바로 소속

구단에 타격이 온다. 또한 대부분의 국가 대항전이 스프링캠프 시즌에 열리기 때문에 이 역시 시즌에 영향을 끼칠 수 있었다. 그러다 보니 주전 선수들의 국가 대표 차출에 부정적인 입장이었다.

그랬기에 KBO는 발 빠르게 움직였다. 각 구단에 지속적으로 공문을 보내 선수 차출에 도움을 요청했다. 특히 보스턴 레드삭스에는 직원까지 파견할 정도로 열의를 보냈다.

"꼭 좀 부탁드리겠습니다."

KBO의 직원이 고개를 숙이자 존 미구엘이 난처한 표정을 지었다.

'벌써 세 번째군.'

KBO에서 직원을 파견한 것이 세 번째다.

처음에 미지근한 반응을 보이지 계속해서 직원을 보내온 것이었다.

'메이저리그 사무국에서도 협조를 요청해 왔고 본인도 가는 걸 원하니……'

최근 미구엘은 찬열, 한승현과 미팅을 가졌다.

그 자리에서 국가 대표에 대한 의사를 물었고 두 사람은 가고 싶다는 열망을 드러냈다.

또한 WBC는 메이저리그 사무국에서 주관을 하는 대회다.

무작정 거부를 할 수도 없었다.

"일단 회의를 통해 공식적인 답변을 드리도록 하겠습니

다. 긍정적으로 생각을 할 테니 기다려 주시길 바랍니다."

"감사합니다."

단장의 이야기에 KBO 직원이 고개를 숙였다.

그리고 9월.

KBO에서 예비 엔트리를 발표했다.

명단에는 메이저리그에서 활약 중인 선수들이 모두 포함이 됐다. 일본 역시 스지우치와 다르빗슈 유, 그리고 스즈키이치로를 포함한 예비 엔트리를 발표했다. 그 외에도 자국리그의 스타들을 모두 포함시켜 초호화 명단을 만들었다.

즉, 진검승부가 만들어졌다는 소리다.

4장

월드 베이스볼 클래식

메이저리그에서 활약하는 네 명의 한국인 선수가 골고루 활약을 이어갔다.

정찬열은 올 시즌에도 홈런왕을 차지했다. 67개의 홈런을 때려내며 2위와 17개 이상의 차이를 벌리며 여유로운 성적을 올렸다. 그 외에도 타점, 볼넷, 타율까지 1위에 올라 타격 4관왕을 차지했다.

같은 팀의 한승현 역시 좋은 성적을 냈다. 특히 7월부터 팀의 셋업맨을 맡으면서는 압도적인 성적을 냈다. 6경기 연속 무안타 경기를 펼치기도 했고 72경기에 나와 평균 자책점 2.32라는 좋은 성적을 올렸다.

하지만 레드삭스는 두 선수의 좋은 활약에도 불구하고 월드 시리즈 진출에 실패했다.

챔피언십 시리즈에서 열린 템파베이 레이스와의 일전에서 패배를 하고 말았다.

류성일과 추신성 역시 좋은 성적을 거두면서 국내 팬들의 기분을 좋게 해주었다.

4명의 코리언리거가 뛴 12시즌도 그렇게 막을 내렸다.

* * *

시즌이 끝나고 찬열은 한국으로 돌아왔다.

안젤라는 일찌감치 한국에 와 있었다.

결혼식 준비 때문이다.

어머니의 도움으로 안젤라는 결혼식에 관한 준비를 했다.

시즌이 끝나고 촉박하게 준비를 하면 시간적인 문제가 있었다. 하지만 안젤라가 먼저 준비를 해둔 덕에 청첩장까지 여유롭게 돌릴 수 있었다.

"흐아…… 드디어 끝났다."

마지막 청첩장을 보낸 찬열이 바닥에 누웠다.

정말 힘들었다.

다른 사람들이 할 때는 몰랐는데 준비할 게 너무 많았다.

예식장부터 시작해서 날짜를 정하고 청첩장을 보낼 사람들을 결정하는 것까지.

그 외에도 드레스며 메이크업이며, 하여튼 처음 들어보는 용어도 너무 많았다.

"고생했어!"

찬열은 자신의 다리를 주물러 주는 안젤라를 보며 미소를 지었다. 이미 혼인신고를 해서 부부 사이인 두 사람이다. 미국에서도 같이 잠을 자고 먹고 많은 걸 함께한다. 하지만 아직 부부라는 느낌보다는 애인 같았다. 그러나 이제 며칠 뒤에는 정식적으로 부부가 된다.

수많은 사람 앞에서 말이다.

"왜 그렇게 빤히 봐?"

안젤라가 얼굴을 한쪽으로 넘기며 물었다.

그런 그녀의 모습이 무척이나 사랑스러웠다.

"이리 와봐."

찬열이 그녀의 팔을 잡아당겼다.

자연스레 품에 안긴 그녀의 얼굴을 잡고 입술에 입을 맞췄다.

* * *

청첩장을 돌리면서 찬열의 결혼 소식이 알려졌다.

많은 언론에서 대대적으로 결혼식에 관해 보도를 했다.

그사이 찬열은 재단의 일도 열심히 했다.

장학금 전달부터 지원이 미비한 야구부에 야구용품을 기

중하는 일도 이어졌다.

고향인 인천에서는 야구 교실을 열었다. 친분이 두터운 박현우와 류성일, 그리고 한승현, 김상필, 박민혁 등. 다양한 선수가 모여 많은 아이를 초청할 수 있었다.

그중에는 반가운 얼굴도 있었다.

"민성아."

"안녕하세요!"

바로 민성이었다.

평소 표정이 어두웠던 민성이지만 오늘만큼은 무척이나 밝은 얼굴이었다.

"열심히 해."

"예!"

찬열은 별다른 말을 하지 않았다.

한 아이에게 많은 관심을 주면 다른 아이들이 질투를 할 수 있기 때문이다. 하지만 한 번이라도 더 눈이 갈 수밖에 없었다. 아직 중학생이기에 민성이는 투타를 동시에 하는 듯했다.

'공은 꽤 빠르네.'

"흡-!"

쐐액-!

부드러운 폼에서 뿜어져 나간 공이 미트에 꽂혔다.

타자의 몸 쪽 무릎 높이로 들어가는 날카로운 코스였다.

'제구도 괜찮고.'

소질이 있다는 게 느껴졌다.

민성이는 타격에서도 좋은 재능을 보였다.

딱-!

"오우!"

부드러우면서 힘 있는 스윙에 박현우가 감탄을 터뜨렸다.

우중간을 뚫는 좋은 타구였다.

"좋은 재목이더구나."

고개를 옆으로 돌리니 아버지가 서 계셨다.

"재능은 어릴 때의 너보다 못 미치지만 노력이 정말 대단해."

"그래요?"

"학교 감독님에게 들어보니 매일 밤 혼자서 연습을 한다고 하더구나. 감독님이나 코치님이 질릴 정도로 말이야."

처음 찬열이 민성이를 봤을 때도 특유의 독기에 놀랐었다.

"또 한 번 얻은 기회를 놓치지 않을 생각인가 보더라."

아버지의 말에 찬열의 입가에 미소가 그려졌다.

민성이만이 아니었다. 아이들의 앞에 두 번째 기회라는 줄이 다가왔다. 그것을 잡는 건 아이들의 몫이다. 스스로의 노력만이 그 줄을 잡을 수 있을 것이다.

* * *

서울의 한 호텔.

수많은 취재 언론이 모였다.

"국내는 물론이거니와 미국 언론도 모였군."

"그야 당연하지. 메이저리그의 슈퍼스타 아닌가?"

"3년 연속 홈런왕의 결혼식이니 취재 열기야 뜨거운 게 당연하지."

"그나저나 비공개 결혼식이라니. 아쉽네."

"그러게 말이야. 수많은 스타가 모일 텐데."

찬열은 비공개 결혼식을 택했다.

공인이란 신분으로 결혼식이 공개되는 건 어쩔 수 없지만 본식만큼은 방해를 받고 싶지 않았다. 덕분에 언론들은 밖에서 결혼식에 오는 하객들을 촬영할 수밖에 없었다.

하객은 상상을 초월했다. 야구계 인사는 물론이거니와 연예계 관계자들도 다수 참여했다. 그동안 찬열이 여러 CF와 TV 방송에 출연을 하면서 맺은 인맥들이었다.

또한 아버지와 어머니의 관계자들. 그리고 로버트 세로니 역시 본인이 직접 한국에 들어와 결혼식에 참가했다.

"저기 레드삭스 카스티엘 선수다."

"정말 왔네."

정장 차림의 카스티엘이 스포츠카에서 내려 호텔로 들어갔다.

여러 번 인터뷰를 통해 찬열과의 친분을 드러냈던 그지만 정말 올 줄은 예상하지 못했다.

"저기에 조시 베켓이다!"

카스티엘은 시작에 불과했다.

연이어 베켓을 비롯한 메이저리그 스타들이 모습을 드러냈다.

"이게 현실인가……."

생전 처음 보는 메이저리그 스타들의 방문에 기자들은 자신들의 눈을 의심했다. 호텔 내부에서는 찬열이 열심히 손님들을 맞이하고 있었다.

"카스티엘-!"

"정!"

카스티엘을 시작으로 동료들이 하나둘 도착했다.

"다들 이렇게 와줘서 고마워."

"네 결혼식인데 당연히 와야지."

레드삭스의 멤버가 모이자 하객들이 수군거리기 시작했다.

실제로 메이저리그 슈퍼스타를 눈앞에서 보는 일은 연예인이라도 쉬운 일은 아니었으니 말이다.

"그럼 결혼식 끝나고 또 보자."

"오케이."

"여기 친구들 안내 좀 부탁드릴게요."

"예."

오늘 결혼식에는 매니지먼트 직원도 다수 동원됐다. 워낙 하객 수가 많았기 때문이다. 덕분에 레드삭스 동료들이 불편

하지 않게 안내할 수 있었다.

"이제 슬슬 준비하자."

"예."

아버지의 말에 찬열이 고개를 끄덕였다.

식장의 모든 자리가 하객으로 가득 찼다. 대기실에서 모니터를 통해 식장을 바라보는 찬열의 얼굴에 미소가 그려졌다.

'결혼식이라니.'

회귀 전과 후를 통틀어도 처음 경험하는 일에 설렜다.

"신랑님, 준비해 주세요."

직원의 말에 찬열이 자리에서 일어났다. 문 앞에 서자 카메라맨이 다가와 그를 찍었다. 오늘 결혼식의 모든 장면은 영상으로 남겨두기로 했다. 카메라가 그를 찍자 곧 식장의 대형 스크린을 통해 전달됐다.

[신랑 입장!]

사회자인 한승현의 안내에 따라 찬열이 걸음을 옮겼다.

우레와 같은 박수 소리가 쏟아졌다.

펜 웨이 파크에서 수많은 팬에게 박수를 받을 때보다 더욱 떨렸다.

단상에 서자 이번에는 신부의 입장이 이어졌다.

"신부 입장!"

식장에 음악 소리가 울려 퍼졌다.

그 소리에 맞춰 데이비드의 손을 잡고 안젤라가 모습을 드러냈다. 순백의 드레스를 입은 그녀의 모습에 순간 넋이 나갈 지경이었다.

하객들 역시 아름다운 안젤라의 모습에 감탄을 터뜨렸다. 새삼 저런 아름다운 여인이 자신의 아내라는 사실이 놀라우면서도 뿌듯했다.

"잘 부탁하네."

"예."

데이비드가 안젤라의 손을 넘기면서 찬열에게 당부했다.

고개를 끄덕인 찬열이 그녀의 손을 잡았다.

눈을 마주친 두 사람이 미소를 짓고는 주례 앞에 섰다.

이동건 감독은 선남선녀인 두 사람을 보며 주례사를 시작했다.

그날 밤.

각 언론사에서 찬열의 결혼 소식을 대대적으로 알렸다.

[사령관 정찬열! 결혼하다!]

* * *

결혼식이 끝났지만 신혼 여행은 떠나지 못했다.

국가 대표 소집이 있었기 때문이다.

1월 말.

미국 샌프란시스코에서 인천 와이번스와의 연습 경기를 시작으로 대표팀은 국내 팀들과의 연습을 시작했다.

출발 당일.

"허니~ 옷 준비해 뒀으니까 샤워 끝나면 입어."

"응."

샤워를 끝내고 안방에 들어가자 정장이 침대 위로 가지런히 놓여 있는 게 보였다.

옷을 입은 찬열이 이내 문 앞에 섰다. 든든하게 아침도 챙겨 먹은 덕분인지 컨디션이 매우 좋았다.

"훈련 잘하고 와야 돼?"

"응, 안젤라도 어려운 일 있으면 어머니한테 바로 연락하고."

"응~!"

쪽─!

가볍게 입을 맞춘 찬열이 캐리어를 들고 집을 나섰다.

공항까지 배웅해 준다는 그녀였지만 어차피 공항에 나가면 번잡해서 작별 인사도 제대로 할 수 없다.

그렇기에 집에 남으라고 했다.

지하 주차장으로 내려와 차에 캐리어를 실었다.

곧 차가 출발했다.

* * *

공항에 도착하자 KBO 직원이 그를 맞이했다.

"짐은 저희가 챙기겠습니다. 여권은 준비하셨죠?"

"여기 있습니다."

"예, 단체 수속을 할 테니 저희한테 주십시오. 먼저 도착하신 분들은 라운지에서 대기 중이십니다."

"예."

간단히 인사를 하고 찬열이 라운지로 향했다.

이미 이야기가 된 듯 라운지 입장 역시 번거로운 절차가 없었다. 안으로 들어서자 익숙한 얼굴들이 앉아 있는 게 보였다.

"찬열아!"

그들 중 류성일이 손을 흔들며 찬열을 맞이했다.

류성일만이 아니었다.

한승현을 비롯해 일본에 진출한 박대수와 국내의 유명선수들이 대거 있었다.

"오랜만이다."

"찬열이, 네 활약은 잘 보고 있었어."

"야, 내 아들이 사인 좀 부탁하더라."

동료들의 환대에 찬열이 미소를 지었다.

제3회 월드 베이스볼 클래식 대표팀은 역대 최강이라는 평가를 받았다. 그중에서 주요 인물로 뽑히는 건 단연 메이저리그 사인방이었다. 특히 홈런왕 정찬열은 모든 팀을 두려움에 떨게 만드는 인물이었다.

대표팀의 일거수일투족은 화제의 대상이 됐다.

대중의 관심이 높아지면서 포털 사이트에서 대표팀의 연습 경기까지 중계를 내보내기로 결정했다. 샌프란시스코에 도착한 대표팀은 연습을 통해 호흡을 맞추었다.

"하나! 둘! 하나! 둘!"

오전에는 기본적인 훈련으로 몸을 풀었다.

이후에는 수비 연습과 타격 연습, 그리고 투구 연습이 각각 나뉘어 시작됐다.

따악-!

경쾌한 소리가 그라운드를 울렸다.

높게 뜬 타구를 향해 외야수가 달렸다.

코스는 3루 선상에 정확히 떨어지는 까다로운 코스였다.

20여 미터를 전력으로 달려간 국가 대표 좌익수 김정수가 글러브를 내밀었다.

퍽-!

글러브에 공이 들어갔다.

전력으로 달린 탓에 속도가 줄지 않았다.

김정수도 딱히 속도를 줄일 생각은 없었다.

몸을 한 바퀴 회전을 하더니 힘을 그대로 이용해 1루로 공을 뿌렸다.

"흡–!"

쐐애액–!

마치 레이저처럼 날아간 공이 노바운드로 1루수의 미트에 꽂혔다.

퍽–!

"나이스!"

"아주 좋아!"

동료들의 칭찬에 김정수가 씩 미소를 지었다.

내야에서도 연습은 한창이었다.

"간다!"

딱–!

원바운드가 된 공이 3루 베이스에서 아주 약간 오른쪽으로 빠르게 날아갔다. 평소 유격수의 위치보다 조금 더 전진 수비를 했던 김성현이 빠르게 스타트를 끊었다.

날렵한 몸놀림으로 굴러가는 공을 글러브로 낚아챈 김성현이 1루로 공을 뿌렸다.

퍽–!

"나이스!"

거의 제자리에서 공을 잡은 1루수가 박수를 쳤다.

역모션임에도 좋은 송구였다. 그 모습을 보는 이동건 감독의 고개가 끄덕여졌다.

"다들 몸놀림이 좋군."

"엔트리 발표가 빨랐던 게 득이 됐습니다."

이동건도 동의했다.

"아무래도 준비할 시간이 여유가 있었으니 말이지."

"예, 모든 선수가 시즌이 끝난 직후부터 몸을 만들기 시작했습니다. 덕분에 몸놀림이 다들 가볍습니다. 특히 저 녀석은 무서울 정도입니다."

빠악-!

"한 번 더!"

대표팀은 총 4개의 그라운드를 이용한다.

외야, 내야, 타격, 그리고 포수 연습을 하는 장소였다.

수석 코치가 가리킨 방향은 포수 연습을 하는 그라운드였다. 대표팀 포수는 총 3명이 뽑혔다. 찬열과 국내 최고의 포수인 하원호와 정찬열 이후 최고의 포수 유망주로 불리는 최연우였다.

최연우는 본래 고등학교에 입학할 때까지만 하더라도 투수를 지망하고 있었다. 1학년까지만 하더라도 그는 에이스로 전국 대회까지 출전했다. 1학년이 전국 대회에 에이스로 나오는 건 아주 드문 일이었다. 정말 실력이 좋지 않은 이상은 불가능했다.

최연우의 데뷔전은 화려했다.

6이닝 무실점 경기를 펼친 것이다.

이후에도 최연우는 무실점 경기를 이어나가면서 팀을 전국 대회 결승전까지 끌고 갔다. 비록 준우승에 그쳤지만 최연우가 남긴 임팩트는 대단했다.

특히 결승전에서 뿌렸던 150㎞의 강속구는 그를 단숨에 특급 유망주로 분류하게 했다. 그랬던 최연우가 포수로 전향한 것은 2학년 때의 일이었다.

한 언론에서 그는 정찬열처럼 되고 싶어서 포수가 되었다는 이야기를 했었다. 실제로 그는 찬열을 보고 포수가 되기로 결심했다. 최연우만이 아니었다.

수많은 아이들이 찬열의 경기를 지켜보고 포수가 되거나 혹은 포수로 전향하고 있었다. 그런 찬열의 플레이를 눈앞에서 볼 수 있다는 건 매우 큰 행운이었다.

"선배님! 이렇게 하는 거 맞습니까?!"

의욕 넘치는 목소리로 물어보는 최연우를 보며 찬열이 고개를 끄덕였다.

"응. 잘했다. 이번에는 공을 받을 때 오른 다리를 이렇게 구부리면서 다리 사이의 공간을 가려주면서 해봐."

"예!"

최연우가 다시 마스크를 쓰고 캐처 박스에 섰다.

그러자 마운드 위에 있는 타자가 펑고를 하듯 공을 때렸다.

빠르게 날아온 공이 원바운드가 되면서 가속도가 붙었다.

또한 바운드 역시 불규칙하게 일어났다.

홈 플레이트에서 3m가량 떨어진 곳에 돌을 깔아둔 탓이다. 하지만 최연우는 빠르게 몸을 움직여 몸으로 공을 블로킹했다.

다리 사이의 공간을 메우는 것도 잊지 않았다.

"나이스, 잘했어."

찬열이 고개를 끄덕였다.

확실히 대단한 재능을 가지고 있었다.

하나를 알려주면 순식간에 자신의 것으로 만들었다.

'더 대단한 건 노력이지.'

노력하는 천재가 발전하는 속도는 대단했다.

벌써 자신의 훈련법을 본인의 것으로 만들고 있었다.

그래도 아깝지 않았다.

자신 역시 박현우에게 배웠고 수많은 사람에게 배웠으니까. 이런 식으로 야구는 꾸준히 발전을 해왔다.

앞으로도 그럴 것이다.

"이번에는 내 차례다."

찬열이 마스크를 쓰고 캐처 박스에 섰다.

물러선 최연우가 눈을 빛내며 찬열의 플레이 하나하나를 눈에 새기려 노력했다.

그 모습을 이동건과 수석 코치가 보고 있었다.

"최연우를 대표팀에 넣은 건 좋은 선택이었던 거 같습니다."

"음, 어린 애들도 경험을 하고 익숙해져야 앞으로 대표팀에 공백이 생기지 않겠지."

이번 대표팀 명단에는 베테랑들만 포함된 건 아니었다.

최근 등장한 신예들 역시 다수 포함되어 있었다.

예비 명단에도 넣어 전지훈련에 동행하게 했다.

이번 경험은 거름이 될 거다.

'그리고 너희들의 경험은 양분이 되겠지.'

최연우와 정찬열만이 아니었다.

다른 메이저리거들 역시 신예들이 붙어 그들의 경험을 가져갔다. 딱히 가르쳐 주거나 하는 게 아니다.

그저 그들의 훈련 방식을 지켜보는 것만으로도 그들에게는 큰 경험이 되는 것이었다. 이동건은 현재보다 더 먼 미래를 보고 있었다.

* * *

첫 번째 연습 경기.

VS 인천 와이번스.

이동건의 후임으로 부임한 한영수가 다가와 인사를 했다.

"오랜만입니다, 선배님."

"그래, 이렇게 연습 경기에 도움을 줘서 고맙네."

"아닙니다. 당연히 해야 할 일이죠. 참, 저희 애들이 의욕이 넘치니 처음부터 전력으로 덤비셔야 할 겁니다."

"하하! 그거 고맙지."

사실 국가 대표의 연습 상대는 많은 팀이 꺼려 했다.

캠프 초반이라는 점이 첫 번째 이유다.

아직 몸이 덜 풀린 선수들이 무리하게 경기를 하다 부상을 당할 수 있기 때문이다.

둘째로 전력 차이다.

국가 대표는 모든 팀에서 모인 엘리트로 구성되어 있다.

특히 이번 대표팀은 메이저리거까지 다수 포함되어 있었다. 국내 팀과의 전력 차이는 확연했다. 어떤 경기라도 선수는 지면 데미지를 입는다. 아직 몸이 제대로 풀리지 않은 상황이라면 더더욱 그렇다. 그걸 알기에 지도자들은 대표팀과의 연습 경기를 기피했다.

하지만 와이번스는 받아들였다. 한영수는 물론이거니와 구단의 단장까지 나서 전폭적으로 지원을 해주었다. 팀을 명문으로 이끈 이동건이 있기 때문이다. 이동건 역시 그걸 알기에 최대한 와이번스를 이용할 생각이었다.

"오늘 경기에서 투수는 매 이닝 교체를 한다. 포수 역시 첫

2이닝은 최연우가, 이후 3이닝은 하원호, 마지막 4이닝은 정찬열이 책임진다."

"예!"

"내야, 외야 역시 마찬가지다. 이른 시간에 교체를 할 테니 힘을 비축하는 일은 없도록."

"알겠습니다!"

"우리를 위해 일부러 시간을 내준 와이번스 동료들이다. 최선을 다하자!"

"예!"

우렁찬 대답이 들려왔다.

그리고 경기가 시작됐다.

선발투수는 류성일이었다.

'호흡을 맞춰보는 건 처음인데. 잘하려나.'

류성일은 최연우와 경기에서 맞붙은 적이 몇 번 있다.

대부분 류성일의 승리였다. 하지만 딱 한 번, 제대로 던진 체인지업을 받아쳐 그대로 담장을 넘겼다.

그 점수가 결승점이 되어 경기에서 졌었다.

'포수로 얼마나 잘하나 보자.'

류성일이 사인을 요구했다.

최연우의 손가락이 빠르게 움직였다.

몸 쪽 포심 패스트볼.

고개를 끄덕인 류성일이 투수판을 밟았다.

1년 만이다.

국내 타자를 상대로 공을 던지는 건 말이다.

"후우-!"

깊게 한숨을 내쉬어 긴장감을 털어낸 류성일이 발을 들었다.

"차앗-!"

쐐액-!

특유의 부드러운 폼에서 공이 뿌려졌다.

'볼이다.'

공을 놓는 순간 깨달았다.

조금 더 몸 쪽으로 들어갈 게 분명했다.

'응?'

그때 최연우의 몸이 움직였다.

상체를 세우면서 구심의 눈을 가렸다.

동시에 몸 쪽으로 붙는 공을 미트의 웹으로 잡으면서 가운데로 이동시켰다.

촤아악-!

웹으로 포구할 때 특유의 소리가 울렸다.

마지막으로 상체를 내리는 것도 잊지 않았다.

"스트라이크!"

구심의 콜에 한승현이 찬열에게 물었다.

"방금 전에 저거……."

"프레이밍이다. 그것도 내가 주로 쓰는 방식의."

찬열의 입가에 미소가 그려졌다.

설마 저것까지 할 줄은 꿈에도 몰랐다.

'이러다가 밑천까지 다 털리겠네.'

* * *

최연우의 데뷔전은 성공적이었다.

두 명의 투수와 호흡을 맞추면서 2개의 안타를 허용했다.

그중에 한 명은 송구로 잡을 뻔했었다.

하지만 약간 영점이 빗나가면서 아쉽게 놓치고 말았다.

무엇보다 투수들이 안정감을 찾았다는 게 가장 큰 수확이었다. 하원호 역시 국가 대표 포수라는 명성답게 성공적으로 투수들을 리드했다.

경기의 분위기는 분명 국가 대표에게 있었다.

그러나 아슬아슬했다.

'점수가 나지 않는다.'

와이번스를 상대로 아직 점수를 내지 못했다.

안타는 꾸준히 나온다.

그런데 결정적인 한 방이 나오지 않았다.

중요한 순간마다 공격이 끊기니 선수들의 맥도 끊어지고 있었다. 자칫 잘못하면 흐름이 넘어갈 수도 있는 상황.

하지만 이동건은 크게 걱정하지 않았다.

후웅—!

후웅—!

그의 시선이 대기 타석에 서 있는 선수에게로 향했다.

찬열이다.

배트를 돌릴 때마다 눅직한 소리가 울려 퍼졌다.

딱—!

그때 그라운드에서 경쾌한 소리가 났다.

이동건의 시선이 옮겨졌다.

1루로 달려가는 팀의 2번 타자 이규영이 보였다.

"나이스!"

"잘한다!"

이규영이 안전하게 1루 베이스를 밟았다.

찬열의 앞에 주자가 살아나갔다.

"한 방 날려!"

"선배님, 파이팅입니다!"

"메이저리그 홈런왕의 위력을 보여줘라!"

더그아웃이 시끌시끌해졌다.

타석에 선 찬열이 가볍게 인사를 했다.

와이번스의 투수는 우기영이었다.

찬열이 떠난 뒤에도 그는 여전히 와이번스의 핵심 투수로
마운드를 지키고 있었다.

'전력을 다해주마.'

오늘 경기에서 피할 생각은 단 일 퍼센트도 없었다.

전력을 다해 부딪친다.

그것이 대표팀에게 그리고 찬열에게 도움이 된다는 걸 알고 있었다.

우기영이 공을 뿌렸다.

"흡-!"

쐐액-!

몸 쪽에 공격적으로 붙는 패스트볼이었다.

뻑-!

"스트라이크!"

찬열은 초구를 그냥 흘려보냈다. 노리던 코스가 바깥쪽이었기에 무리하게 칠 이유가 없었다.

'예전보다 공이 더 날카로워졌네.'

우기영의 공을 보는 건 정말 오랜만이다.

한국에서 좋은 활약을 이어가고 있다는 걸 알고 있었다.

'확실히 이 정도의 공이면 충분하지.'

우기영이 2구를 뿌렸다.

이번에는 떨어지는 커브였다.

퍽-!

"볼!"

'커브의 각도도 예전보다 더 커졌다. 무엇보다 사이드암에

서 뿌려지는 공이기 때문에 치기가 더 까다로워.'

3구는 슬라이더였다.

몸 쪽을 파고드는 공에 배트가 돌아갔다.

너무 당기는 바람에 파울 라인 밖으로 공이 날아갔다.

"파울!"

원볼 투스트라이크가 됐다.

의외로 찬열이 카운트에서 밀리고 있었다.

"기영이가 저렇게 공을 잘 던졌나?"

"시즌 때보다 더 공이 좋은 거 같은데?"

대표팀 더그아웃이 술렁였다.

특히 국내파 선수들은 우기영의 호투에 감탄을 했다.

그건 와이번스 더그아웃 역시 마찬가지였다.

'두 녀석이 친구라서 그런지 더욱 전력으로 하는군.'

이동건은 두 사람의 관계를 알고 있었다.

그렇기에 지금 상황도 이해가 됐다.

특별한 상황에서 펼쳐지는 대결이다.

'마지막이다.'

우기영이 공을 쥔 손에 힘을 주었다.

그리고 발을 내디뎠다.

"차앗-!"

구종은 스플리터.

찬열이 미국에 떠난 이후 익힌 변화구였다.

즉, 상대가 모르는 공이란 소리였다.

찬열의 배트가 돌기 시작했다.

'됐어!'

궤적이 포심을 노리는 궤적이란 걸 본 우기영이 주먹을 불끈 쥐었다.

그때 공이 떨어졌다. 그 순간 배트의 궤적도 바뀌었다.

밑에서 위로.

히팅 포인트가 바뀌면서 떨어지는 공을 그대로 올려쳤다.

따악-!

경쾌한 소리와 함께 공이 외야 펜스를 넘어갔다.

그 모습을 본 우기영이 황당한 표정을 지었다.

'스윙 중에 히팅 포인트를 바꿔서 때린다고?'

그게 가능한가 싶었다.

'저런 놈을 어떻게 잡아?'

너무 황당해서 웃음이 나올 지경이었다.

첫 번째 연습 경기는 대표팀의 승리였다.

와이번스도 선전했다.

하지만 찬열의 한 방에 승부의 추가 기울었다.

[역시 대표팀은 정찬열 믿고 가네.]

[흔한 메이저리그 홈런왕의 홈런]

[무슨 홈런을 안타 때리듯 만들어내냐?]

[오늘 나온 홈런은 정찬열의 타격 메커니즘을 잘 보여주는 타격이었습니다. 히팅 포인트를 잡아둔 상황에서 강제로 스윙의 궤적을 변경해 포인트를 바꾸는 건 정찬열이기에 가능한 일이었죠.]

[설명충 감사.]

이후에도 대표팀의 연습 경기는 계속 이어졌다.

경기가 이어질수록 대표팀은 서서히 손발이 맞아가기 시작했다.

딱-!

잘 맞은 타구가 2루 베이스를 향해 날아갔다.

정확히는 베이스에서 유격수 쪽으로 치우친 코스였다.

하지만 유격수가 잡기에는 어려웠다.

속도가 빨랐기 때문이다.

지나치는 공을 보던 유격수 김성현이 멈추지 않고 베이스로 향했다.

그와 교차해서 2루수가 베이스 뒤로 달렸다.

좌아악-!

슬라이딩을 한 2루수 정근석의 글러브에 공이 들어갔다.

달리기 전 주자의 위치를 확인했다. 1루에 있던 주자는 타구의 방향을 확인하고 빠르게 2루로 달렸다. 정근석이 공을 잡았을 때는 베이스를 향해 슬라이딩을 하고 있었다. 정근석은 직감적으로 깨달았다.

일어나서 2루에 송구하면 늦는다.

그랬기에 누운 상태로 공을 빼내 2루를 보지 않고 저글링을 하듯 공을 2루로 던졌다.

뒤에서 눈이 달린 듯 공이 2루로 향했다.

베이스에서 약간 오른쪽으로 치우치긴 했지만 김성현이 팔을 쭉 빼면서 공을 잡았다.

발은 베이스에 닿은 상황.

동시에 몸을 회전하며 김성현이 1루를 향해 공을 뿌렸다.

쐐애액-!

뻐억-!

"아웃!"

공이 도착한 뒤에야 타자 주자가 1루 베이스를 밟았다.

환상적인 플레이였다.

그 모습을 바라보는 이동건이 주먹을 불끈 쥐었다.

'준비가 끝났다.'

연습은 오늘로 끝이다.

이제 우승을 향해 달려야 할 때였다.

* * *

한국은 1라운드 B조에 속했다.

같은 조에는 네덜란드, 오스트레일리아, 그리고 중화 타이베이였다. 네 개의 팀 중 가장 먼저 상대할 팀은 네덜란드였다.

한국 대표팀은 1라운드가 열리는 대만 타이중에 도착해 연습으로 몸을 풀었다.

'네덜란드전이 가장 중요하다.'

캐치볼을 하는 찬열의 머릿속에는 1자선에 관한 생각으로 가득했다.

'회귀 전, 분명 한국은 네덜란드에게 졌다. 그게 치명타가 되어 1라운드 탈락이라는 결과를 맞이하게 된다.'

워낙 충격적인 일이었기에 찬열도 기억하고 있었다.

'하지만 많은 게 바뀌었다. 대표팀 명단 역시 마찬가지야.'

그래도 조심해서 나쁠 건 없었다.

연습이 끝나고 찬열은 분석팀을 찾았다. 그런데 먼저 온 손님이 있었다. 그것도 아주 많이 말이다.

"여, 늦었네?"

류성일이 손을 들어 찬열을 맞이했다.

"여기 네덜란드 애들 분석 자료다."

하원호가 손에 쥐고 있던 종이를 건넸다.

얼떨떨한 얼굴로 그걸 받아 든 찬열은 옹기종기 모여 분석 자료를 보고 있는 선수들을 바라봤다.

대표팀 모두가 한자리에 모였다. 서로 의논을 하고 의견을 교환하는 모습이 새삼 신기했다.

"선배님! 여기 자리 비었습니다!"

최연우가 자신의 옆자리를 가리키며 말했다.

"그래."

그곳에 앉아 찬열도 분석 자료를 머리에 집어넣느라 정신이 없었다. 그런 상황은 이동건 감독의 귀에 그대로 들어갔다.

"자발적으로 분석팀 방에 모여 자료를 읽느라 정신이 없는 모양입니다."

"사전에 이야기된 건 아니고?"

"전혀 아닙니다. 아마 찬열이가 예전 한국이나 대표팀에서 보여주었던 모습이 소문으로 돌았나 봅니다."

"롤 모델이 되었다 이거군."

찬열의 대단한 활약은 다른 선수들 역시 지켜봤다. 당연히 그의 일거수일투족에 관심이 집중될 수밖에 없었다. 분석 자료를 보는 것 역시 마찬가지였다.

"1차전이 기대되는군."

이동건 역시 선수들에게 뒤지지 않기 위해 분석 자료를 보기 시작했다.

* * *

1라운드 1차전.

VS 네덜란드.

한국 대표팀의 1차전이 시작됐다.

네덜란드는 야구 강국이라 할 수 없다.

하지만 프로 리그를 보유한 몇 안 되는 나라 중 하나이고 유럽 국가 중에서는 야구에 가장 진지한 나라였다.

실제로 네덜란드 출신 야구 선수가 메이저리그에 진출하거나 타 국가에서 좋은 활약을 보여주며 최근 주목을 받는 국가였다.

"네덜란드의 투수진은 강한 편이 아니다. 하지만 타격에서만큼은 조심해야 한다."

"예!"

투수진이 우렁차게 대답했다.

오늘 선발은 한국의 괴물 투수인 류성일이었다. 본래는 한승현을 선발로 내세울까도 싶었지만 이동건은 생각을 고쳤다.

한승현은 지난 시즌 주로 셋업맨으로 활약했다. 같은 포지션인 투수지만 전혀 다른 메커니즘을 가지고 있기에 무리가 갈 수 있었다. 그래서 한승현을 마무리투수로 기용할 예정이었다.

그라운드에 선수들이 나갔다.

한국은 후공으로 마운드에 류성일이 올랐다. 본인의 페이스대로 공을 뿌리는 류성일의 모습에는 긴장감이라곤 전혀 없었다. 그에게는 국가 대표전이나 메이저리그 경기나 마찬가지였다. 그저 자신의 공을 던진다. 그게 할 일이었다.

[여유로운 류성일 선수의 모습이 무척이나 믿음직스럽습니다.]

오늘 경기는 전국으로 생중계가 된다.

전국의 관심이 몰린 경기가 드디어 시작됐다.

"플레이볼!"

구심의 외침과 동시에 찬열의 시선이 타자에게로 향했다.

'좌타자. 리드오프지만 자국 리그에서 홈런의 숫자가 많다.'

리드오프면서 홈런이 많은 경우는 무척이나 까다로웠다. 한 방을 조심해야 하기 때문이다.

찬열이 눈을 감았다.

'공 하나하나가 중요하다. 최대한 집중하자.'

다시 눈을 떴을 때.

집중력을 최대한 끌어올렸을 때 일어나는 현상이 펼쳐졌다. 현재 타석에 서 있는 타자의 정보가 수집됐다.

'배트를 돌리는 게 가벼웠다. 쥐는 것 역시 힘을 싣기보다는 스피드를 살리는 유형이다. 홈런 타자이면서도 타이밍에 맞추는 타입이야.'

홈런을 치는 선수는 크게 세 가지 타입이 있다.

하나는 힘으로 넘기는 선수.

하나는 타이밍으로 넘기는 선수.

마지막으로 두 개의 장점을 모두 가지고 있는 선수가 있었다.

지금 타자는 두 번째 유형이었다.

'타이밍을 어긋나게 해야 돼.'

찬열이 손가락을 움직였다.

'바깥쪽 낮은 코스 포심.'

류성일이 고개를 끄덕였다.

와인드업 포지션에 들어간 그가 천천히 다리를 올렸다.

타자의 박자를 조금이라도 어긋나게 하기 위해 타이밍을 재는 것이다.

그리고 자신의 타이밍에 맞춰 공을 뿌렸다.

"흡-!"

초구는 다소 평범한 공이다.

하지만 타자는 움직이지 못했다.

뻑-!

"스트라이크!"

'좋아.'

찬열의 생각대로였다.

류성일의 디셉션은 수준급이다. 처음 보는 타자가 함부로 때려낼 수 있는 수준이 아니었다. 그래서 과감하게 포심을 선택했다. 그리고 맞아 떨어졌다. 공방에서 먼저 공격에 성공한 것이다.

'이제 선택권은 내게 있다.'

찬열이 다시 손가락을 움직였다.

'슬라이더. 바깥쪽.'

가운데에서 바깥쪽으로 흘러나가는 슬라이더를 요구했다.

류성일이 고개를 끄덕였다.

그리고 공을 뿌렸다.

이번에도 디셉션이 잘 이루어져 공이 릴리스 포인트를 향하기 직전까지 숨겨졌다.

덕분에 타자의 스윙이 한 타이밍이 늦게 시작됐다.

'이번에도……'

성공했다는 생각이 들려는 순간.

타자가 휘두르는 배트의 궤적이 바뀌었다.

한 손을 놓고 엉덩이를 빼면서 흘러나가는 공에 배트를 맞췄다. 그러면서도 배트를 끝까지 밀어냈다.

대단한 힘이었다.

덕분에 공이 3루 방향으로 날아갔다.

'안타?!'

이대로 3루 선상 안으로 떨어지면 장타가 된다.

"파울!"

하지만 공은 선상 밖으로 나갔다.

파울이었다. 찬열은 겉으로 내색하진 않았지만 속으로 안도의 한숨을 쉬었다.

'공에 밀리지 않는 힘과 절대로 밀어내는 테크닉까지 가지

고 있다니.'

무엇보다 포인트를 급격하게 바꾸는 찰나의 순간에 일어났다는 게 대단한 점이었다.

'하지만 승부의 추는 우리 쪽에 넘어왔다.'

어찌 됐건 결과는 투스트라이크가 됐다.

이 카운트는 언제나 타자에게 불리했나.

또한 찬열은 이 상황을 가정하고 볼 배합을 했었다.

'체인지업.'

찬열의 사인이 빠르게 전달됐다.

투스트라이크에 몰려 타자가 심적인 압박을 받을 때 더욱 몰아붙일 생각이었다. 류성일 역시 의도를 파악하고 투구 동작을 빠르게 가져갔다.

"흡-!"

공이 손을 떠났다.

빠르게 날아오는 공에 타자의 눈이 빛났다.

'걸렸어!'

거리를 두고 먹이를 지켜보던 맹수처럼 배트를 돌렸다.

벌써 두 번이나 놓쳐 배가 고픈 그였다. 이번에는 잡고 만다. 사자의 어금니처럼 배트가 매섭게 돌아갔다. 두 개의 궤적이 하나가 되려는 순간.

'어?!'

공이 마치 뒤에서 잡아당기는 것처럼 느려졌다. 배트는 돌아가는데 공은 오지 않았다.

이런 공은 하나밖에 없다.

'체인지업!!'

류성일의 메이저리그 첫 시즌 승수는 무려 14승이었다.

모든 이의 기대를 뛰어넘는 성적이었다. 그 승리를 챙겨준 1등 공신이 바로 이 체인지업이었다. 그 체인지업이 이번에는 월드 베이스볼 클래식에서 모습을 드러냈다.

후웅—!

배트가 허무하게 홈 플레이트 위를 지나갔다.

찬열은 자신의 눈앞으로 배트가 지나갔지만 눈 하나 깜박이지 않고 공의 궤적을 따랐다.

그리고 미트를 밑으로 내리며 안전하게 공을 포구했다.

퍽—!

"스트라이크! 아웃!"

[삼구삼진! 류성일 선수 3구에 자신의 주 무기인 체인지업으로 첫 번째 삼진을 잡아냅니다!]

* * *

1회 삼자범퇴.

류성일이 던진 공은 고작 7개에 불과했다.

첫 타자 이후 모두 맞춰 잡는 피칭으로 타자를 처리했다.

류성일의 호투에 불이 붙었는지 타자들은 1회부터 네덜란드 투수를 난타했다.

딱-!

[쳤습니다! 중견수 앞에 떨어지는 깔끔한 안타입니다!]

[이규영 선수, 독특한 외다리 타법으로 리드오프의 역할을 제대로 해내네요.]

툭-!

[정근석 선수! 3루 선상으로 굴리는 번트입니다!]

[약속된 플레이로 이규영 선수는 무사히 2루에 들어갑니다. 정근석 선수, 완벽한 희생번트였어요.]

월드 베이스볼 클래식은 단기전이다.

한 팀과의 승패가 곧 탈락으로 이어질 수 있기 때문에 1점이 중요했다. 그걸 알기에 이동건은 초반부터 작전을 냈다.

3번 타자로 좌익수 김정수가 타석에 섰다.

'찬열이를 3번에 쓰는 것도 좋은 선택이다. 하지만 단기전에서는 4번에 쓰는 게 더 좋아.'

단기전에서는 작전이 많이 나온다. 즉 지금과 같은 상황이 자주 나올 수도 있다.

찬열은 전 세계적으로 유명한 선수다. 1루가 비어 있다면 찬열과의 승부를 피할 가능성이 높았다.

그래서 이동건은 찬열을 4번으로 기용했다.

'성현이의 컨택 능력이면 충분히 할 수 있다.'

김성현은 이동건의 기대에 1회부터 부응해 주었다.

딱-!

[떨어지는 커브를 정확히 타격하는 김성현! 타구는 좌중간에 떨어집니다! 스타트가 빨랐던 이규영은 3루를 돌아 무사히 홈으로 파고듭니다! 선취점을 올리는 대한민국 대표팀!]

[좋은 타격이었습니다. 힘을 들이지 않고 가볍게 툭 때려서 안타를 만들어냈어요.]

[주자 1루의 상황에 정찬열 선수가 타석에 들어섭니다!]

네덜란드 대표팀은 찬열에 대해 잘 알고 있었다.

메이저리그에 새로운 기록을 세운 그를 모를 리가 없었다.

하지만 피할 수는 없었다.

단기전이니만큼 이 이상의 점수를 주면 경기가 어려워진다.

'유인구로 승부하자.'

포수의 사인에 투수가 고개를 끄덕였다. 유인구라면 최소한 홈런은 맞지 않을 것이라 판단을 내렸다. 1루 주자를 눈으로 견제한 투수가 퀵 모션과 동시에 공을 뿌렸다.

"흡-!"

구종은 고속 슬라이더였다.

140㎞ 후반의 공이 날카롭게 꺾이며 날아갔다.

그 순간 찬열의 배트가 매섭게 돌았다. 몸에 붙어서 나오는 배트의 궤적에 공이 그대로 낚아채졌다.

따악-!

"헉!"

공이 맞는 순간 투수가 헛바람을 들이켰다.

고개를 돌린 그의 눈에 너무나도 쉽게 외야석에 떨어지는 타구가 보였다.

[초구를 그대로 공략해서 담장을 넘겨 버리는 정찬열 선수!!]

[코스는 분명 볼이었는데 그걸 그대로 낚아챘습니다. 정말 대단한 컨트롤이에요.]

고개를 떨어뜨리는 투수를 뒤로하고 찬열이 베이스를 돌았다.

[1라운드 B조 한국 VS 네덜란드.

최종 스코어 7:0으로 한국 대표팀 승리.

승리투수 : 류성일(5이닝 무실점 7K)

홈런 : 정찬열(1회 2점 홈런, 5회 1점 홈런)]

* * *

VS 호주(오스트레일리아)

1승을 거둔 한국 대표팀의 다음 상대는 호주였다.

호주는 프로야구가 활성화된 국가 중 하나로 한국 선수들도 다수 진출한 리그다. 대표팀의 기량은 한국이 우위에 있지만 방심할 순 없었다. 하지만 경기는 일방적으로 흘러갔다.

딱―!

[쳤습니다! 중견수 앞에 떨어지는 안타입니다! 3루 주자 홈인! 그리고 다시 만루가 됩니다!]

한국 대표팀의 타선은 막강했다.

1회에만 무려 5점을 올리며 순식간에 흐름을 가져갔다.

호주 역시 분전을 했다.

1회 위기의 순간에 찬열을 고의사구로 거르는 주도면밀함까지 보였다. 하지만 결과는 실패였다. 타자 한 명 한 명이 막강한 대표팀에는 피해갈 타선이 없었다. 찬열을 거르자 5번 타자인 박대식이 3타점 2루타를 뽑아냈다.

투수는 곧장 흔들렸고 바로 다음 타자에게 투런 홈런을 허용하고 말았다. 그리고 3회, 또다시 만루의 찬스가 찾아왔다.

[타석에 정찬열 선수가 들어섭니다!]

찬열이 타석에 섰다.

타이중 경기장을 찾은 한국 팬들이 환호를 질렀다.

"정! 찬! 열!"

"홈런을 날려줘요! 정찬열!"

준비성이 철저한 팬들은 단체 응원도 준비했다.

반면 호주 팬들의 얼굴에는 근심이 가득했다. 타국의 야구장까지 찾아온 팬들이다. 메이저리그 최고의 타자인 찬열을 모를 리가 없었다. 그래서 1회에 그를 거르는 장면에서도 야유를 보내지 않았다.

심지어 몇몇 팬은 또 한 번 고의사구가 나오길 바랐다.

만루인데도 불구하고 말이다.

하지만 호주 더그아웃은 그런 선택을 하지 못했다.

'5번 박대식의 타격감이 좋다. 게다가 원아웃이야. 점수를
더 주는 건 위험하다.'

득실점도 생각을 해야 했다.

또한 만루에서 고의사구는 팀에 큰 정신적 데미지를 주게
된다. 점수를 주더라도 정면 승부를 택하는 게 더 옳은 선택
이었다. 감독의 손이 바쁘게 움직였다. 사인은 곧 포수에게
전달이 됐다.

그사이 타석에 들어선 찬열은 집중력을 끌어올렸다.

'투수의 표정이 굳어 있다. 긴장하고 있어.'

투수만이 아니었다.

그라운드 위를 지키고 있는 수비들의 얼굴에는 여유가 없
었다. 경기를 뛰는 선수에게 여유가 없다는 건 큰 단점이다.

'만루의 상황에 날 거르지 않을 거다.'

찬열은 거의 확신하고 있었다.

'역사적으로 보더라도 만루 상황에서 고의사구가 나왔던
건 모두 수비팀이 이기고 있을 때의 일이었다.'

그것도 한 점이 아니라 두 점 이상으로 이기고 있을 때 나
왔다. 즉, 1점을 주더라도 팀이 이기고 있어야 나올 수 있는

작전이란 소리다. 그렇기에 찬열은 호주 대표팀이 자신을 거르지 않을 거라 확신했다.

그리고 그 예상은 맞아떨어졌다.

포수의 손이 바쁘게 움직였다. 투수가 고개를 젓고 다시 끄덕였다. 사인의 교환이 끝났다.

찬열의 눈이 차분하게 가라앉았다. 넓게 퍼뜨린 시야를 통해 투수가 투수판을 밟는 게 들어왔다.

그게 신호였는지 외야수들이 움직였다.

'전체적으로 우익수 쪽으로 움직이는군.'

우타자인 찬열을 상대로 외야수가 오른쪽으로 움직인다는 건 바깥쪽 공을 던질 거란 이야기다. 평범한 선수라면 외야의 변화를 눈치채지 못했을 것이다.

일단 멀다. 수비 위치에 따라 차이는 있지만 타석에서 외야수의 위치까지는 대략 60~70미터의 거리가 난다. 또한 대부분의 타자는 타격을 준비할 때 시야를 좁게 한다.

프로의 패스트볼의 평균 구속을 145㎞로 잡았을 때 홈 플레이트까지 도달하는 데 걸리는 시간은 0.4초.

타자는 0.2초의 시간에 구종과 코스를 판단하고 때려야 한다. 투수가 공을 던지는 타이밍을 알지 못하기 때문에 언제나 투수에게만 집중해야 한다.

찬열처럼 시야를 넓게 잡고 집중력을 분산하면 타이밍이 늦어 제대로 된 타격을 하지 못한다. 외야수들이 한 타이밍

빠르게 수비 위치를 바꾸는 이유였다.

그때 투수가 발을 들었다.

퀵 모션에 들어간 것이다.

그 찰나의 순간 찬열의 시야에 투수만이 들어왔다. 엄청난 집중력이었다. 이 빠른 전환이 있기에 찬열은 시야를 넓게 잡고 있을 수 있었다.

'바깥쪽으로 공이 온다.'

코스를 예측한다는 건 타자에게 무척이나 유리했다. 하지만 변수는 거기서 끝이 아니다. 두 번째 변수이자 가장 큰 골칫거리인 구종이 남아 있었다.

'오늘 던진 10개의 초구 중 패스트볼이 8개였다. 80퍼센트의 확률이다.'

찬열은 확률을 계산하며 발을 내디뎠다.

탁-!

발이 땅에 닿는 순간, 투수의 팔이 허공에 반원을 그리며 앞으로 당겨졌다.

"차앗-!"

쐐애액-!

혼신의 힘을 담은 1구가 던져졌다.

배터리가 선택한 초구는 패스트볼이 아닌 스플리터였다.

승부를 택한다지만 정면 승부는 부담스러웠다.

'잡았다!'

찬열의 스윙 타이밍을 본 포수의 입가에 미소가 그려졌다. 패스트볼을 노린 스윙이다. 구속이 크게 떨어지지 않는 스플리터라면 속일 수 있다. 그러나 그건 찬열을 얕잡아 본 것과 다름없었다. 이런 경우를 수도 없이 경험했다. 메이저리그라는 괴물들이 있는 곳에서도 홈런을 만들어냈다.

아무리 국가 대표라지만 찬열의 상대는 아니었다. 공의 변화가 일어나는 순간 찬열의 무게 중심이 밑으로 향했다. 무게 중심의 급작스러운 변화는 하체에 큰 부담을 주었다. 하지만 찬열은 회귀를 한 뒤부터 하체 운동에 전력을 다했다.

덕분에 급작스러운 변화도 견딜 수 있었다. 하체가 단단하게 고정을 해주니 상체 역시 자유롭게 회전을 할 수 있었다.

후웅—!

배트가 허공을 갈랐다.

변화된 히팅 포인트에서 공과 배트가 만났다.

따악—!

경쾌한 소리와 함께 공이 높게 떠올랐다.

[정찬열 선수, 초구를 강타!! 이건 큽니다!!]

경기장의 모든 관중이 자리에서 일어났다. 그들의 시선에 중견수 방향으로 날아가는 타구가 보였다.

[아아!! 넘어갔습니다!!]

"와아아아—!"

[그랜드슬램을 터뜨리며 마지막 일격을 가하는 정! 찬! 열!]

　　　　　　　　　　　＊ ＊ ＊

　한국 대표팀이 2연승을 올렸다.

　이로써 2라운드 진출까지 한발 앞장서게 됐다.

　남은 상대는 대만.

　1라운드 최고로 위험한 상대였다. 대만 대표팀은 앞서 호주와 네덜란드를 차례로 격파하며 한국과 마찬가지로 2연승을 달리고 있었다. 즉, 이번 경기 결과에 따라 1라운드의 순위가 결정되는 것이다.

　[1라운드 마지막 경기가 열리는 타이중 야구장! 피날레를 장식해줄 오늘 경기의 마운드에는 김태현 선수가 올라왔습니다.]

　[작년 시즌 14승을 올린 와이번스의 에이스 김태현 선수! 이번 WBC에서는 첫 등판인데요. 좋은 모습을 보여주었으면 좋겠습니다.]

　찬열이 한국을 떠난 뒤.

　김태현은 와이번스 구단의 에이스로 성장했다.

　매년 10승 이상의 성적을 올리며 윤정길의 뒤를 이어 에이스의 바통을 넘겨받았다.

　그가 이번 대표팀에 승선한 것은 어찌 보면 당연했다.

　뻐억-!

　"오……."

　찬열의 입에서 감탄이 터져 나왔다.

　연습 투구다. 전력이 아님에도 불구하고 공은 빨랐다.

'대충 140 후반 정도인가?'

가볍게 던진 게 분명할 것이다.

'회전도 좋다. 미트에 꽂히는 느낌이 묵직해.'

입가에 미소가 그려졌다.

자신이 한국을 떠날 때보다 확실히 성장했다.

회귀 전 김태현이 프로에서 적응하지 못하고 그저 그런 선수로 남았던 걸 기억하는 찬열이기에 감회가 새로웠다.

'너도 두 번째 기회를 잡았구나.'

그게 기뻤다.

자신만이 아니라는 점이 말이다.

연습 투구가 끝나고 타자가 타석으로 들어왔다.

"플레이볼!"

준비가 끝나자 구심이 경기 시작을 알렸다.

[경기 시작됩니다!]

[초구가 중요합니다. 어떤 공을 던지고 결과가 어떻게 나오느냐에 따라서 오늘 경기의 흐름이 결정됩니다.]

연습구를 받아본 찬열은 초구 선택에 큰 고민을 하지 않았다. 가랑이 사이의 손을 활짝 펼쳤다. 포심 패스트볼의 사인이다. 주먹을 쥐면서 엄지를 우타석 쪽으로 가리켰다. 우타자 몸 쪽으로 던지라는 사인이었다.

김태현이 고개를 끄덕였다.

"후우-!"

투수판을 밟은 김태현이 깊은 한숨을 뱉었다.

공을 던지기 전까지 약간의 딜레이를 가졌다.

타자의 타이밍을 뺏기 위함이다. WBC라는 큰 무대임에도 김태현은 무척이나 안정적인 모습이었다. 단순히 보이는 것 이상의 성장을 거두었음을 알 수 있었다.

"흡-!"

부드러운 투구 폼과 함께 공이 뿌려졌다.

찬열이 원했던 코스에 정확히 날아왔다.

뻐억-!

타자의 무릎 높이로 들어온 공이 미트에 꽂혔다.

"스트라이크!"

[초구 스트라이크입니다! 구속이 153㎞가 쩍힙니다!]

[볼 끝이 매우 좋습니다. 마지막 순간에 공이 떠오르는 느낌이에요.]

김태현의 컨디션은 그 어느 때보다 최고조였다.

퍽-!

"스트라이크!"

후웅-!

퍽-!

"스트라이크! 아웃!"

[삼구삼진! 김태현 첫 타자를 포심 패스트볼 하나로 요리합니다!]

* * *

김태현은 4이닝 무실점 5K라는 압도적인 피칭을 선보이며 마운드를 굳건히 지켰다.

타선도 폭발했다. 2안타 1홈런을 때려낸 찬열을 비롯해 멀티 히트를 때려낸 타자만 무려 7명이 나왔다. 덕분에 대만전 역시 콜드게임으로 일찌감치 마무리 지을 수 있었다.

대만전이 끝난 대표팀은 호텔에 모였다. 일본전을 보기 위함이었다. A조 공동 1위를 달리고 있는 일본은 오늘 쿠바와의 경기에서 단독 1위를 노리고 있었다. 이번 경기의 승패에 따라 2라운드 1회전의 상대가 정해진다.

쿠바는 자국에 프로 리그가 없지만 세계적으로 야구가 유명한 국가였다. 쿠바 출신 메이저리거가 수두룩한 게 그 증거였다. 그래서 국가 대항전이 열리면 항상 우승 후보로 꼽혔다. 이번 대회 역시 마찬가지였다.

하지만 일본 역시 만만치 않았다. 메이저리거를 대거 출전시킨 일본, 특히 에이스 스지우치의 활약이 대단했다.

뻐엉-!

공이 미트에 박혔다.

TV를 통해서도 그 위력이 생생히 전달됐다.

"무슨 폭탄이 터진 줄 알았네."

이규영이 우스갯소리로 말했다.

[160㎞를 쩍는 스지우치! 쿠바 타선을 무력화시킵니다!]

마운드를 지키는 스지우치.

전매특허가 돼버린 160㎞ 강속구를 연달아 뿌리며 쿠바 타선을 틀어막았다.

"역시 저 녀석을 공략해야 이길 수 있겠네."

하원호가 찬열의 어깨를 둘렀다.

"너만 믿는다, 찬열아!"

"맞아. 넌 메이저리그에서 스지우치랑 상대해서 이겼었지?"

김성현도 이야기에 끼어들었다.

대답은 찬열이 아닌 다른 이의 입에서 나왔다.

"7번 상대에서 5번 안타! 그중에 무려 3개가 홈런을 때려 냈었습니다!"

"최연우, 넌 어떻게 그리 잘 아냐?"

김성현이 놀란 눈으로 최연우를 보며 물었다.

"하하! 정찬열 선배님의 경기는 매일 복기하기 때문에 외워졌습니다!"

"캬~ 대단한 열정이네."

대표팀의 분위기는 무척이나 좋았다.

전승을 거둔 덕분이다.

찬열은 대화를 나누는 그들을 보다 TV로 시선을 집중했다.

'다음 상대는 쿠바인가.'

어느덧 경기는 후반으로 진행되고 있었다.

스코어는 3 대 0.

스지우치가 내려갔지만 일본의 마운드는 막강했고 수비진은 촘촘했다. 결국 쿠바는 일본을 이기지 못했다.

뻐억-!

"스트라이크! 아웃!"

[경기 종료입니다! 최종 스코어 3 대 0! 1조 1위로 2라운드에 올라가는 일본입니다. 이로써 한국 대표팀의 2라운드 상대는 쿠바로 결정됐습니다!]

* * *

한국 대표팀은 대만을 떠났다.

2라운드는 일본 도쿄에서 열리기 때문에 이동을 해야 했다. 비행기에 몸을 실은 찬열은 전력 분석팀에서 넘겨준 자료를 정리하고 있었다.

"선배님! 뭐 하세요?!"

최연우가 다가와 물었다.

찬열은 태블릿 PC를 들어 화면을 보여주었다.

"분석팀에서 넘겨준 자료 좀 보고 있다. 넌 안 자고 뭐 해?"

"충분히 잤습니다! 자료 저도 좀 봐도 되겠습니까?"

"그래."

찬열은 태블릿 PC를 건네주었다.

"감사합니다!"

최연우가 옆에 앉아 정리된 자료를 세세하게 읽었다.

그 역시 분석팀에서 넘겨준 자료를 받았기에 잘 알고 있는 내용이었다.

'그런데 이렇게 달라질 수 있는 거야?'

찬열이 정리한 내용에는 경기 하나를 통째로 시뮬레이션 하고 있었다. 예를 들어 타자에 대한 정보를 대입해 볼 배합을 하고 있다고 보면 된다. 이 정도는 몇몇 포수도 할 수 있다. 그런데 찬열은 볼 배합만이 아니라 타자가 공을 때렸을 때 어디로 공이 향하는지에 따라 여러 경우의 수를 계산하고 있었다.

'어떻게 이런 생각을 할 수 있는 거지?'

경우의 수를 보면서 최연우는 감탄을 금치 못했다.

자신은 생각지도 못한 경우의 수가 적혀 있었기 때문이다.

"선배님! 저 이것 좀 봐도 되겠습니까?"

"나는 다 정리했으니까 편하게 봐."

"감사합니다!"

최연우는 자신의 자리로 돌아가 태블릿 PC에 고개를 파묻었다. 그 모습을 보며 찬열은 미소를 지으며 자리에 있는 불을 껐다.

약간의 휴식.

2라운드를 위해 찬열은 잠에 들었다.

* * *

VS 쿠바

한국 대표팀의 선발 명단이 발표됐다.

라인업에는 큰 변화가 없었다.

1라운드 첫 번째 경기에 나왔던 류성일이 다시 한 번 선발로 마운드에 올랐다.

호흡을 맞추는 건 정찬열이었다.

[오늘 경기에서의 키 플레이어는 단연 정찬열 선수입니다. 이번 대회에서 4개의 홈런과 10타점을 쓸어 담은 정찬열 선수의 대포가 터지느냐에 따라 경기의 양상이 결정될 것으로 보입니다.]

국내의 야구 관계자 그리고 팬들은 찬열의 방망이에 포커스를 맞췄다. 일각에서는 찬열을 국가 대표 전력의 80퍼센트라고 말하기도 했다.

그만큼 이번 대회에서 그가 보여주는 임팩트는 강렬했다. 단순히 타격만이 아니었다. 그라운드 위의 또 하나의 사령관으로서 경기 전체를 조율하는 능력이 빛을 발했다.

'몸 쪽, 체인지업.'

찬열의 사인에 류성일이 고개를 끄덕였다.

수비들에게까지 구종을 전달해 준 찬열의 시선이 1루 주자에게 향했다.

'원아웃에 원스트라이크다. 공략을 할 가능성이 높아.'

외야수들이 조금씩 오른쪽으로 움직였다.

그사이 류성일이 1루 주자를 눈으로 견제해 리드 폭을 줄였다.

주자의 무게 중심이 베이스로 향해 있을 때.

류성일이 공을 뿌렸다.

"흡!"

공이 매서운 속도로 날아왔다. 류성일의 체인지업은 메이저리그 강타자들도 돌려세울 정도로 위력이 있었다. 특히 포심과 별다른 차이가 없기 때문에 타자의 입장에서는 매우 치기 어려운 공이었다.

그건 쿠바라고 다를 게 없었다. 포심의 궤적을 그리며 공이 날아왔다. 타자는 망설이지 않고 배트를 돌렸다. 두 궤적이 하나가 되려고 할 때. 마치 땅에서 보이지 않는 손이 나와 잡아당기는 것처럼 공이 밑으로 쑥 꺼졌다.

'큭!'

놀란 타자가 배트의 궤적을 억지로 바꾸려 했다.

하지만 무게 중심의 급격한 변화를 하체가 견디지 못했다.

100kg이 넘는 몸무게다. 그 무게의 중심이 한 번에 쏠리니

하체가 무너진 것이다. 덕분에 스윙이 제대로 만들어지지 않았다.

딱-!

그래도 억지로 배트를 돌렸다.

힘은 실리지 않았지만 코스가 좋았다.

'됐어!'

이 방향이면 일이루간이다. 타구 속도도 나쁘지 않았다. 안타가 될 확률이 높았다. 막 1루로 달리려는 그의 눈이 기대감에 차 있었다. 하지만 곧 실망으로 물들었다.

퍽-!

'왜 2루수가 저기에?!'

극단적인 수비 위치였다.

메이저리그에서나 보던 수비 시프트였다.

'어떻게?!'

의문이 꼬리에 꼬리를 물었다.

자국 리그에서야 많은 데이터가 모여 수비 시프트가 가능했다. 하지만 여기는 국제 대회다. 데이터가 충분히 모이기에는 불충분했다.

2루수가 유격수에게 송구했다. 2루 베이스에 서 있던 유격수가 공을 잡아 그대로 1루로 뿌렸다.

퍽-!

"아웃!"

[쓰리아웃입니다! 수비 시프트로 더블플레이를 만들어내는 한국 대표팀입니다!]

더그아웃에서 그 장면을 보고 있던 최연우의 눈이 커졌다.

'와…… 정말 시뮬레이션대로 됐어.'

비행기에서 봤었던 찬열의 시뮬레이션.

정말 그것대로 더블플레이가 만들어졌다.

'타자가 이번 대회에서 극단적인 당겨 치기를 했다. 게다가 몸 쪽 공을 던지게 해 당겨 치는 타격을 하게 했어. 마지막으로 체인지업을 택해서 공을 정확히 칠 수 없게 만들었어.'

거기까지는 자신도 할 수 있었다. 상대의 데이터만 충실하다면 분명 예측할 수 있다. 문제는 수비 시프트다.

'나한테 저럴 배짱이 있을까?'

만약 공이 3루로 갔다면?

외야수까지 우측으로 이동한 상황이었기에 자칫 잘못하면 인사이드 파크 더 홈런이 나올 수도 있는 일이었다. 그런 위험 부담을 가지면서까지 저렇게 할 수 있을까?

자신 없었다.

자신한테는 아직까지 데이터에 대한 믿음이 부족했다.

'앞으로는 저렇게 돼야 해.'

최연우는 찬열의 플레이를 보며 또 하나를 배워가고 있었다.

　　　　　　　　　　＊ ＊ ＊

　쿠바전 역시 한국 대표팀의 승리로 돌아갔다.

　다음 경기는 모든 국민의 관심이 쏠리고 있는 일본전이었다. 일본 역시 2라운드 첫 경기를 이기면서 1승을 올렸다.

　패배팀이었던 쿠바와 대만이 다시 승부를 펼쳐 쿠바가 다시 한 번 2회전에 진출했다. 이로써 2라운드 2회전의 진출팀이 모두 결정됐다.

　[한국 대표팀은 내일 저녁 6시, 도쿄돔에서 일본 대표팀을 상대로 순위 결정전 진출을 놓고 일전을 벌일 예정입니다.]

　현재 1조에서 전승을 거둔 팀은 딱 두 팀이다.

　바로 한국과 일본이다.

　일본은 특유의 정교한 타격과 전형적인 스몰 볼을 선보였다. 그러나 주의해야 될 건 타선이 아니었다.

　이번 대회에서 일본 대표팀의 가장 큰 장점은 바로 마운드였다.

　스지우치, 다르빗슈, 다나카 등. 메이저리거를 총 동원한 대표팀의 마운드는 3경기 18이닝 동안 단 1점도 내주지 않았다.

　일본 언론은 자국 대표팀의 마운드를 가리켜 철벽이란 단어로 표현했다.

[이번 대회에서 양국의 대결은 창과 방패의 대결이라 할 수 있습니다.]

한 언론과의 인터뷰에서 야구 관계자가 한 말이다.
창과 방패의 대결.
적절한 비유였다.
한국 대표팀은 WBC에 참가한 국가 중 가장 많은 득점을 올린 팀이었다.
외신 역시 이번 대결을 두고 또 하나의 결승전이라 평가하며 큰 비중을 두었다.

5장

숙명의 라이벌

VS 일본(2라운드 2회전)

[안녕하십니까? 도쿄돔에서 인사드립니다. 저는 해설위원 박지원입니다. 옆에는 해설위원이신 허구심 위원께서 나오셨습니다. 안녕하십니까?]

[반갑습니다.]

[넓은 도쿄돔이지만 오늘은 빈자리가 보이지 않을 정도로 많은 관중이 찾아왔습니다.]

카메라가 도쿄돔을 잡았다.

최대 수용 인원 55,000명에 달하는 도쿄돔에 빈자리가 거의 보이지 않았다. 그들 중 한국을 응원하는 사람은 고작해야 5,000명 수준에 불과했다.

타국임을 감안하면 많은 숫자다. 그러나 일본 응원단이 너무 압도적으로 많았다. 아무리 한국 응원단이 소리를 질러대고 응원을 하더라도 일본 응원단의 함성에 묻혔다.

[정말 대단한 응원입니다.]

[비록 적지지만 우리 대표팀 선수들의 기세가 꺾이지 않았으면 좋겠습니다.]

더그아웃의 한국 대표팀은 조용했다.

오늘 경기 라인업에 든 선수들은 각자의 방식대로 경기를 준비했다. 겉으로 봐서는 매우 평온한 분위기였다. 일방적인 응원 속에서도 자신들의 준비를 하니 말이다.

하지만 이동건은 그들의 속내를 알 수 있었다.

'다들 긴장했군.'

평소 대표팀의 분위기는 활발하다. 대화가 많은 게 장점이다. 그런데 관중이 들어차고 더그아웃에 들어온 뒤부터는 대화 한마디 없었다.

선배들이 저러니 후배들 역시 매우 조용히 경기를 준비하고 있었다. 심지어는 장비를 움직일 때도 매우 조심스러웠다. 분명 부자연스러운 모습이었다.

'기세에 눌렀다.'

무려 5만 명에 달하는 관중이다.

이들이 모두 일본을 응원하고 있는 상황.

'모든 게 최악이군.'

이런 상황에서 지도자가 할 수 있는 극도로 적었다. 오히려 선수들을 다독인다고 나섰다가 역효과가 날 수도 있었다. 가장 좋은 건 선수들 스스로가 이 압박감에서 벗어나는 것이었다. 이동건의 시선이 자연스레 찬열에게로 향했다.

자신의 장비를 꺼내 직접 벤치에 올려둔 그가 몸을 돌렸다. 더그아웃의 안전봉에 몸을 기대고 관중석을 바라보던 찬열이 입가에 미소를 지었다.

"이야~ 홈런 치기 딱 좋은 날씨네."

적막이 흐르던 더그아웃이기에 그의 말을 못 들은 사람은 없었다.

그의 말에 친구인 김태현이 핀잔을 주었다.

"야! 여기 돔구장이거든? 하늘이 보이냐?"

"짜식, 개그를 몰라요."

모르는 게 당연했다.

아직 개봉하지도 않은 영화의 명대사였으니 말이다.

그러거나 말거나 찬열이 몸을 돌려 김태현을 바라봤다.

"태현아."

"왜?"

"이런 상황에서 내가 홈런 때리면 어떻게 될까?"

과감한 발언에 김태현의 눈이 커졌다.

다른 선수들 역시 마찬가지였다.

평소 찬열의 성격을 봤을 때 저런 대담한 발언은 이례적이었다. 놀랐던 김태현은 이내 찬열의 의도를 간파하고 미소를 지으며 말했다.

"조용~ 해지겠지."

"그치?"

장난스럽게 미소를 짓는 두 사람을 보며 대부분의 선수가 어처구니없다는 표정을 지었다. 적지 한복판에서 저런 대담한 이야기를 주고받는다니 어이가 없었다.

하지만 저 대화 하나로 더그아웃의 분위기가 조금은 풀렸다. 물론 모든 선수의 긴장이 풀린 건 아니다.

그러나 커다란 얼음도 작은 균열로 인해 깨지듯 선수들 사이에도 조금씩 대화가 이어졌다. 그 모습을 본 이동건 감독은 드러내진 않았지만 매우 만족해했다.

"자! 그라운드로 나가자!"

"예!"

이동건 감독의 말에 선수단이 일제히 대답했다.

* * *

경기가 시작됐다.

어웨이인 한국팀이 선공으로 나섰다.

마운드에는 메이저리그 텍사스에서 활약 중인 다르빗슈가 올라왔다. 150㎞ 중반의 빠른 공과 슬라이더가 일품이었다.

메이저리그 데뷔 시즌인 12시즌에 무려 16승을 올리며 일본인 신인 최다승 기록을 갱신했다. 그런 다르빗슈의 슬라이더는 국제 대회에서 진가를 드러냈다.

뻐억-!

후웅-!

"스트라이크! 아웃!"

[리드오프 이규영 선수, 5구 만에 삼진으로 물러납니다.]

[칼날처럼 꺾이는 슬라이더에 속고 말았어요. 아쉽습니다.]

2번 타자 역시 마찬가지였다.

딱-!

[빗맞은 타구! 3루수 정면으로 갑니다.]

픽-!

[투아웃이 됩니다.]

[다르빗슈 투수의 주 무기가 슬라이더이긴 하지만 기본적으로 여러 구종을 던질 수 있는 투수입니다. 방금 던진 체인지업 역시 우리 선수들이 조심해야 할 구종이에요.]

메이저리그는 녹록한 무대가 아니다.

아무리 뛰어난 구종을 가지고 있다고 해도 투 피치로는 호령할 수 없는 무대였다.

그것도 선발이라면 더더욱 불가능했다.

다르빗슈가 메이저리그 마운드를 호령할 수 있었던 건 슬라이더 이외의 구종들. 커브, 체인지업, 포크 볼, SFF, 커터,

투심까지. 다채로운 변화구가 모두 수준급 투수 이상이었기 때문이다.

하지만 이런 투수 역시 홈런을 맞는다. 그런 곳이 메이저리그다. 그리고 그 메이저리그를 지배했던 선수가 타석에 들어섰다.

"우우우-!"

처음으로 일본 관중석에서 야유가 쏟아졌다.

한데 조금 이상했다.

"와아아-!"

야유 사이사이에 환호성도 섞여 있었다.

한국 응원단이 보내는 환호성도 있었지만 일본 관중석에서 나오는 환호도 있었다.

당연한 일이었다. 찬열은 메이저리그 홈런왕이다. 또한 메이저리그에서 가장 인기 있는 선수 중 한 명으로 뽑혔다. 그의 팬이 전 세계에 퍼져 있는 건 이상한 일이 아니었다.

[타석에 3번 타자 정찬열 선수가 들어섭니다. 두 선수는 작년 시즌 메이저리그에서 총 7번 대결을 했었죠?]

[그렇습니다. 정찬열 선수가 4번 안타를 때렸고 그중에 2개는 홈런을 만들어냈었습니다.]

[오늘 대결에서도 홈런포를 보여주었으면 좋겠습니다.]

다르빗슈 역시 그 사실을 잘 알고 있었다.

'전력으로 간다.'

그렇기에 처음부터 전력으로 갈 생각이었다. 일본 더그아웃 역시 찬열을 거를 생각이 없었다. 일본 대표팀을 이끄는 호시노 감독은 이번 대결에서 한국의 기를 꺾어둘 생각이었다.

'순위 결정전에서 만날 가능성이 가장 높은 게 한국이다. 먼저 기선제압을 해야 돼.'

그러기 위해서 가장 중요한 게 정찬열이었다.

'한국의 구심점은 정찬열이다. 녀석을 잡아내면 흐름이 우리 쪽으로 넘어온다.'

호시노 감독이 차분한 눈으로 찬열을 응시했다.

"플레이볼!"

경기가 재개됐다.

포수인 아베의 손가락이 빠르게 움직였다.

'몸 쪽 직구.'

다르빗슈가 고개를 끄덕였다.

세트 포지션에 들어간 다르빗슈가 글러브 안의 공을 손가락으로 꽉꽉 눌렀다.

'칠 수 있으면 쳐 봐.'

마음을 먹는 순간 다르빗슈가 발을 내디뎠다. 큰 키에서 뿜어져 나오는 기세가 타석에 있는 찬열에게로 쏟아졌다.

'정면 승부!'

공을 던지기 전에도 찬열은 상대의 의도를 간파했다.

싸울 의도가 다분한 기세였다.

모를 리가 없었다.

찬열의 집중력이 다르빗슈의 손으로 집중됐다.

디셉션이 끝나고 공이 드러나자 이내 다르빗슈의 손까지 그 자취를 감추었다.

'포심!'

공이 맹렬하게 회전하며 허공을 가로실렀나.

그 회전을 본 찬열의 눈이 번뜩였다.

'때린다!'

결단을 내린 순간.

0.1초도 걸리지 않는 시간에 스윙이 시작됐다.

탁—!

발을 내딛자 그의 허리가 빠르게 회전했다.

상체가 멈춘 상태에서 돌아간 골반이 마운드를 향하는 순간. 상체를 회전시켰다. 그러자 골반에 머물고 있던 파워가 폭발하듯 그의 상체로 이동했다.

후웅—!

배트가 돌아가면서 묵직한 바람 소리가 울려 퍼졌다. 눈앞에 돌아가는 배트를 본 아베는 자신도 모르게 눈을 질끈 감았다.

따악—!

그리고 울려 퍼지는 경쾌한 소리에 눈을 떴다. 아베의 눈동자에 팔로스로를 끝까지 하며 공을 당겨 치는 찬열의 스윙이 보였다.

후웅─!

"와아아아아─!"

높게 떠오른 공이 그대로 좌익수 키를 넘어 담장을 향해 맹렬하게 날아갔다.

[큽니다!]

[아~ 이건 넘어갔어요!]

공은 그대로 떨어지지 않고 외야 관중석에 떨어졌다.

"오오오!"

"정말 넘겼다."

"헐……."

더그아웃에서 그 모습을 보는 한국 대표팀은 경악을 금치 못했다.

홈런을 치겠다 말했다. 찬열이라면 경기 중 하나의 홈런은 날릴 수 있을 거라 생각했다.

한데 첫 타석일 줄이야.

김태현은 고개를 절레절레 저었다.

"내 예상이 틀렸네."

그의 시선이 환호가 쏟아지는 관중석으로 향했다. 함성 소리가 관중석에서 흘러나왔다. 물론 완전히 틀린 건 아니었다. 일본 응원단은 쥐 죽은 듯 조용해졌으니 말이다.

'대단한 놈이야.'

적이라면 치가 떨릴 선수다.

하지만 같은 팀이라면?

김태현만 그런 생각을 하는 게 아닌 듯 대표팀 선수들의 얼굴에 여유로움이 나타났다. 곧이어 그라운드를 돈 찬열이 더그아웃으로 돌아왔다.

"나이스! 홈런!"

"굿이다! 굿!"

"너 완전 괴물 됐구나?"

선수들이 저마다의 방식으로 찬열을 맞이했다.

찬열이 홈런을 쳤다고 해서 다른 선수들도 홈런을 때려낸 건 아니다.

다르빗슈는 그렇게 만만한 선수가 아니었다.

후웅–!

펙–!

"스트라이크! 아웃!"

[칼날 같이 꺾이는 슬라이더에 방망이가 헛돕니다! 다르빗슈 일격을 맞았지만 여전히 강인한 모습입니다!]

삼진을 잡은 다르빗슈가 마운드를 내려갔다.

공수 교대였다.

일본쪽 더그아웃이 바빠졌다. 설마 다르빗슈가 1회부터 점수를 뺏길 줄은 꿈에도 몰랐기 때문이다.

"준 점수는 다시 뺏어오면 된다."

"예!"

"김태현은 고작해야 공이 좀 빠를 뿐이다. 우리의 상대가 아니야!"

이번 대회에서 김태현이 좋은 성적을 올렸다지만 더 많은 부진이 데이터로 남아 있었다.

특히 일본전에서는 무척 약했다.

또한 가까운 한국에서 활약을 했기에 경기력에 대한 정보가 더욱 많았다.

'1회에 확실히 공략을 해야 된다.'

호시노 감독은 1회가 승부처라 생각했다.

어떻게든 경기를 원점으로 돌려야 됐다.

그리고 그런 생각을 하는 건 호시노 감독만이 아니었다.

마스크를 쓰고 캐처 박스에 앉는 찬열 역시 같은 생각을 했다.

'태현이의 어깨가 덜 풀린 1회가 중요하다.'

선발투수들은 충분히 연습 투구를 한 뒤 마운드에 오른다. 그렇다고 해서 바로 실전 모드로 돌입할 순 없었다. 연습과 실전의 차이 때문이다. 그렇기 때문에 대부분의 투수에게 1회는 무척이나 중요했다.

'일본의 타자들은 컨택 능력이 수준급이다. 패스트볼 승부보다는 변화구로 간다.'

찬열이 선택을 하고 김태현을 리드했다.

그의 생각대로만 된다면 충분히 1회를 넘길 수 있었다.

하지만 경기가 언제나 그의 생각대로 풀리는 건 아니었다.

"흡—!"

와인드업과 함께 김태현이 공을 뿌렸다.

구종은 커브.

원 바운드가 될 정도로 던지라는 사인을 냈었다.

그런데 제구가 실패했다.

낙차가 큰 커브를 원했는데 밋밋하게 들어왔다.

딱—!

타자는 그것을 놓치지 않았다.

욕심내지 않고 가볍게 툭 밀어 쳐 3유간을 꿰뚫었다.

[첫 타자 이나바 선수, 안타입니다. 아주 가볍게 툭 쳤는데 코스가 매우 좋았습니다.]

[일본 타자들이 무서운 게 저겁니다. 배트 컨트롤이 무척 좋아 원하는 방향으로 타구를 날릴 수가 있어요.]

찬열은 구심에게 다시 공을 받아 김태현에게 던졌다.

겉모습만 봐서는 멀쩡했다.

'단타기는 해도 다음 타자를 상대하는 모습을 봐야겠어.'

평소 김태현이라면 별로 대수롭지 않게 생각할 것이다.

하지만 포수는 어떤 상황에서건 낙관을 해서는 안됐다. 어떤 상황이건 투수를 의심하고 또 의심해야 했다. 그러면서도 믿어야 하니 무척이나 모순적인 포지션이라 할 수 있었다.

경기가 재개됐다.

1루에 나간 이나바는 도루를 하고 싶은지 리드 폭이 꽤나 길었다. 찬열의 손가락이 1루를 가리켰다. 그 순간 김태현의 몸이 회전을 하며 1루로 공을 뿌렸다.

뻭-!

"세이프!"

이나바가 아슬아슬하게 베이스로 돌아왔다.

하지만 그의 리드 폭은 줄지 않았다.

그 뒤로도 한 번의 견제를 더 한 뒤 구종의 사인을 냈다.

'포심 패스트볼.'

코스는 몸 쪽이었다.

김태현이 고개를 끄덕이고는 퀵 모션으로 공을 뿌렸다.

그 순간 이나바가 2루로 뛰었다.

"고!"

1루수가 외쳤지만 김태현은 신경 쓰지 않았다.

그저 전력을 다해 공을 뿌릴 뿐이었다.

"차앗-!"

쐐애애액-!

낮게 깔린 빠른 공이 날아왔다.

그 순간 타자가 배트를 짧게 쥐며 자세를 낮췄다.

'번트!'

초구부터 번트라니.

참 일본다운 야구라고 할 수 있었다. 하지만 일본이 간과하고 있는 게 하나 있었다. 포수가 바로 찬열이란 점이었다.

찬열은 일본이 번트를 댈 확률이 높다고 판단을 내렸다. 또한 김태현의 상태를 확인하기 가장 좋은 공이 포심 패스트볼이란 것도 알았다.

두 가지를 동시에 확인할 수 있는 구종이 일치했다.

포심 패스트볼의 선택 이유였다.

프로 타자들은 매일같이 번트 연습을 한다. 그건 1번부터 9번 타순까지, 모든 선수가 공통되게 하는 훈련이었다. 하루에도 수백 개씩 번트 연습을 하는 그들이지만 매번 성공하는 건 아니었다.

특히 타자들이 번트를 대기 가장 어려워하는 구종이 있었다. 바로 **빠른 공**이다. 포심 패스트볼이 아닌 150㎞ 이상의 **빠른 공.** 그런 공은 힘을 죽이는 것도 어려웠고 제대로 맞추는 것도 힘들었다.

딱ㅡ!

타자가 어렵게 공을 맞췄다.

하지만 **빠른 공**이라 힘을 죽여야 한다는 강박관념에 너무 힘을 죽여 버렸다.

결국 3루 방향으로 굴러가던 공이 그대로 멈춰 버렸다. 찬열이 동물적인 움직임으로 멈춘 공을 잡았다. 그리고 망설임 없이 2루로 공을 뿌렸다.

쐐애액-!

김태현이 던진 공과 거의 같은 속도로 공이 2루로 날아갔다.

[정찬열! 2루로 송구!]

베이스 커버를 들어오던 2루수가 그대로 공을 포구하며 베이스를 밟고 지나갔다.

그리고는 다시 1루로 공을 뿌렸다.

쐐애액-!

퍽-!

[아~! 아슬아슬한 타이밍! 아웃이냐? 세이프냐?!]

주자와 포구 모두 비슷한 타이밍에 이루어졌다.

모든 사람의 눈과 귀가 1루심에게로 향했다.

"아웃!"

[아웃입니다! 더블플레이가 만들어집니다! 그 시작은 정찬열 선수의 과감한 2루 송구에서 시작됐습니다!]

[아~ 정말 좋은 선택이었어요. 공을 잡기 전부터 2루로 공을 던지겠다는 판단을 했기 때문에 저런 플레이가 나올 수 있었습니다.]

해설위원의 말이 정확했다.

찬열은 번트가 이루어지기 직전, 주자의 위치를 확인했다.

발이 빠르기는 하지만 희생번트라는 작전을 알고 있었기 때문에 조금 여유롭게 달렸다.

덕분에 번트가 이루어지는 시점에는 주자가 절반쯤밖에 가지 않은 상황이었다. 원래라면 그보다 2~3걸음은 더 가 있어야 됐는데도 말이다.

도루에 있어 한 걸음은 매우 중요했다. 작은 차이 하나가 죽느냐 사느냐를 결정하기 때문이다.

한국 대표팀의 기세가 살았다. 김태현은 안정감을 찾았고 수비진은 펄펄 날았다. 2회, 3회까지 끝났을 때 김태현은 4탈삼진을 기록하며 무실점 피칭을 이어갔다.

[김태현 선수! 강적 일본을 상대로 무척이나 좋은 피칭을 이어갑니다.]

[아주 좋아요. 하지만 타선이 좀처럼 터지지 않아 조금은 아쉽습니다.]

[그래서 이번 이닝이 기대가 되는 거겠죠? 정찬열 선수가 두 번째 타자로 타석에 들어설 예정입니다.]

다르빗슈 역시 완벽한 모습을 보여주고 있었다.

그러나 타자 일순이 되었기에 어느 정도 공이 눈에 익었다.

그 결과.

딱—!

[쳤습니다!]

가볍게 받아친 타구가 유격수 키를 넘었다.

[아슬아슬하게 키를 넘기는 행운의 안타가 나옵니다! 정찬열 선수의 홈런 이후 처음으로 나오는 안타입니다!]

주자가 있는 상황.

한국의 야구팬들의 기대가 일제히 올라갔다.

[여기서 홈런이 나오면 단숨에 3점 차로 벌릴 수 있는…… 호시노 감독이 마운드에 올라옵니다. 설마 다르빗슈 선수를 벌써 교체하나요?]

[아무래도 홈런을 맞았던 게 마음에 걸리나 봅니다.]

고작 40구를 던진 다르빗슈다. 벌써 교체하기에는 분명 여력이 있었다. 하지만 호시노 감독은 홈런을 맞은 그를 과감하게 내렸다.

일종의 승부수를 던진 것이다. 그리고 마운드에 올린 투수는 바로 다나카였다. 제2의 다르빗슈라 불리면서 일본 야구계의 에이스로 떠오른 인물이다.

하지만 이번 WBC에는 썩 좋은 활약을 보여주지 못했다. 그럼에도 불구하고 호시노는 다나카를 믿었다.

"굳이 정면 승부를 하지 않아도 돼."

"예."

고개를 끄덕이는 다나카를 보며 호시노 감독이 마운드를 내려갔다.

'스지우치를 올리고 싶지만…….'

스지우치는 바로 직전 경기에서 선발로 마운드에 섰었다.

이번 대회에서 가장 믿을 만한 카드였기에 일단 1승을 올리는 데 사용한 것이다.

'설마 정찬열이 이렇게 강할 줄은…….'

메이저리그의 활약도 알고 있었다. 하지만 직접 눈으로 보지 못했기에 그의 실력을 과소평가하고 있었다.

'한국은 아직 일본을 따라오지 못했다.'

호시노는 명감독이다.

수많은 명승부를 만들어냈고 일본시리즈 우승 역시 15회나 이루어냈다. 또한 국제 대회에서도 많은 성과를 이루었다. 하지만 그는 옛날 사람이다. 나이도 어느덧 70대에 이르렀다. 그가 활약하던 시절 한국은 일본의 상대가 되지 못했다.

'아시아의 패자는 일본이다.'

호시노 감독의 마음속에는 그런 생각이 자리를 잡고 있었다. 그리고 그게 뼈아픈 실책이 되었다.

마운드 위의 다나카를 바라보는 찬열의 눈이 차분하게 가라앉았다.

'작년 시즌 다나카는 괄목할 만한 성장을 보여주었다.'

11년도까지만 하더라도 다나카는 뛰어난 투수였다.

하지만 일본을 대표하는 에이스는 아니었다.

갑작스러운 성장의 이유를 찬열은 한 가지로 보고 있었다.

'그 이유는 바로 스플리터다.'

동영상도 구해서 봤다.

그 결과 다나카의 스플리터는 포심 패스트볼과 같은 선상에서 나온다. 또한 구속 역시 비슷하다. 홈 플레이트 부근에 오기 전까지는 변화도 일어나지 않는다. 타자들이 속을 수밖에 없는 이유다.

'하지만 스플리터를 던지지 않을 거다.'

찬열은 다나카의 이번 대회 성적을 떠올렸다.

선발로 2번 등판해 4이닝 4실점을 했다.

그리고 실점을 하는 과정에서 맞은 타구가 모두 스플리터였다.

'스플리터가 제대로 제구가 되지 않는다.'

그 사실을 알기에 찬열은 과감하게 스플리터를 포기했다.

'포심을 노린다.'

"플레이볼!"

결정을 내린 순간 구심이 소리쳤다.

펙-!

"볼!"

[초구, 존을 벗어나는 슬라이더입니다.]

[선구안이 좋아요. 공을 잘 보고 있습니다.]

펙-!

"볼!"

[2구 역시 볼입니다. 커브였는데요, 원 바운드가 됩니다.]

[아무래도 정찬열 선수가 상대이니 매우 조심스럽게 공을 던지는군요.]

[투 볼까지 몰린 상황, 이대로라면 고의사구가 나올 수도 있겠습니다.]

찬열은 타석에서 물러나 장갑을 고쳤다.

'이번에는 승부를 걸 거다.'

찬열의 머릿속에는 고의사구라는 단어가 없었다.

만약 고의사구를 택할 것이었다면 위험하게 존 비슷한 곳으로 공을 던지지 않았을 것이다.

그냥 일어나서 공을 받았을 게 분명하다.

'이번에 노린다.'

찬열이 타석에 들어섰다.

심호흡을 한 다나카가 1루로 공을 뿌렸다.

"세이프!"

당연히 세이프였다. 주자는 뛸 생각이 없었다. 리드 폭도 길지 않았다. 그런데도 공을 던졌다는 건.

'긴장하고 있다.'

찬열의 입가에 미소가 그려졌다.

이번에 분명 포심이 날아온다.

그걸 잡아야 했다.

"후우—!"

다나카의 심호흡 소리가 멀리서도 들려오는 것 같았다.

정확히는 어깨가 들썩이는 게 보였다.

그만큼 긴장했다는 의미다.

'친다.'

반면 찬열은 매우 평온한 얼굴로 다나카를 노려보고 있었다.

그 순간.

다나카가 퀵 모션으로 공을 뿌렸다.

"흡-!"

쐐애액-!

무릎 높이로 들어오는 좋은 코스였다. 구속도 괜찮았다. 150㎞쯤 될 게 분명했다. 하지만 찬열에게는 어림도 없었다.

그는 메이저리그에서 100마일에 달하는 공도 가볍게 담장을 넘겨 버리는 괴물이었으니까 말이다.

따악-!

[쳤습니다!!!]

찬열의 배트가 호쾌하게 돌아갔다. 포물선이 아닌 라인 드라이브 형식으로 날아간 타구가 순식간에 외야석에 꽂혔다.

콰직-!

"헐……."

가까스로 타구를 피한 관중은 자신이 앉아 있던 의자가 산산조각 난 모습에 마른 침을 꿀꺽 삼켰다.

[정찬열 선수! 연타석 홈런을 기록합니다! 이로써 한국 대표팀 3 대 0으로 달아납니다!!!]

"정찬열! 정찬열!"

한국 응원단이 소리 높여 찬열의 이름을 외쳤다.

[모든 걸 뚫는 창! 방패를 뚫어버리다!]

[한국 대표팀 일본에 7 대 0으로 완승!]

[2연타석 연속 홈런을 포함 5타점을 쓸어 담은 정찬열은 본인이 어째서 메이저리그의 홈런왕인지 정확히 보여준 경기였습니다. 일본 언론은 정찬열 선수에게 진 경기였다면서 한탄했으며 일본 대표팀의 호시노 감독 역시 정찬열 선수에게 졌다는 뉘앙스의 인터뷰를 했습니다.]

한국이 들썩였다.

단순히 일본에 이긴 것이 아니라 완승이다. WBC의 가장 큰 장애물이라 할 수 있는 일본을 이겼다. 결승전까지는 무난하게 갈 것으로 예상했다.

한국 대표팀은 삼 일간의 휴식이 주어졌다. 순위 결정전에서 다음 상대를 기다리기 위함이었다.

상대는 쿠바와 일본, 두 국가 중 하나로 결정이 된다. 만약 일본이 이긴다면 또다시 한일전이 펼쳐지게 되는 것이었다. 이는 WBC가 채택한 '더블 엘리미네이션'이라는 독특한 방식 때문이었다. 토너먼트지만 한 번의 패배로 탈락이 아닌 또 한 번의 기회가 주어짐으로써 일본은 기사회생할 수 있었다. 물론 쿠바라는 장벽을 넘어야지만 가능했다.

찬열은 객실에서 휴식을 취하는 중이었다.

"슬슬 시작하겠네."

TV를 틀자 일본과 쿠바의 중계가 나오고 있었다.

일본어로 중계가 이루어지고 있었지만 야구를 보는 데 어려운 점은 없었다.

경기는 박빙으로 이어졌다. 두 국가 모두 배수의 진을 친 상황. 모든 전력을 쏟아붓는 경기답게 치고받는 흥미로운 경기가 연출됐다.

딱-!

[쳤습니다! 1루 주자 2루를 돌아 3루로 내달립니다! 노바운드로 펜스를 때린 공을 중견수가 잡습니다!]

'홈으로 달릴까?'

일본의 공격이었다.

주자는 발이 빠른 이토이였다.

자신이라면 백 퍼센트 달릴 타이밍이었다.

하지만 원아웃이기에 무리를 하지 않을 가능성도 있었다.

[이토이! 속도를 줄이지 않고 3루 베이스를 통과합니다! 중견수 곧장 몸을 돌려 홈으로 공을 뿌립니다!]

'아슬아슬하다.'

노바운드로 펜스를 맞은 덕분에 공은 꽤 멀리 튀어나왔다.

중견수의 플레이에도 군더더기가 없었다. 덕분에 시간이 지체되는 일은 없었다. 무엇보다 쿠바 외야수들의 어깨가 상상을 초월했다.

홈까지 노바운드로 던지는 건 문제가 아니었다.

박빙의 승부.

[이토이, 슬라이딩합니다!]

홈에서의 헤드 퍼스트 슬라이딩은 부상의 위험이 있다. 하지만 대표팀의 탈락이 결정되는 경기이기에 그런 투혼을 발휘하는 건 문제가 아니었다.

쿠바의 포수 역시 마찬가지였다.

소위 홈으로 전력으로 달려오는 주자와 충돌했을 때 1.5톤에 달한다는 연구 결과가 있다. 보호 장구를 착용하고 있다지만 포수가 받는 데미지는 상상을 초월한다.

그런 위험에도 그는 홈을 가로막았다.

뚫으려는 자, 막으려는 자.

두 사람이 충돌했다.

퍽-!

이토이가 짓눌렸다.

포수의 막는 힘이 이긴 것이다.

[판정은?!]

하지만 야구에서의 승자는 다르게 결정된다.

홈을 막았느냐 못 막았느냐로 결정된다.

그 결정은 구심의 손에 달려 있었다.

"세이프!"

[아아! 세이프를 선언합니다! 구심의 손이 바닥을 가리킵니다! 그곳에는 공이 구르고 있습니다!]

카메라가 바닥을 구르는 야구공을 비추었다.

충돌 순간에 공이 떨어졌는지 아니면 처음부터 포구에 실패한 것인지 알 수 없다.

하지만 이미 결론은 났다.

'일본이 선취점을 얻었다.'

쿠바는 강했다.

1점을 내주기는 했지만 이후 더 이상의 실점은 없었다.

그러나 일본의 불펜은 강력했다.

선취점을 끝까지 지키면서 쿠바의 타선을 틀어막았다.

뻐억-!

[스트라이크! 아웃!]

[다나카 선수의 스플리터에 타자의 배트가 헛돕니다! 삼진아웃! 결국 1점을 끝까지 지켜낸 일본 대표팀이 순위 결정전에 진출하비

됩니다!]

[두 나라 모두 좋은 경기력을 보여주었습니다. 하지만 한 번의 기회를 놓치지 않은 일본이 결국에 이겨내는군요.]

[한국 대표팀은 다시 한 번 일본을 만나게 되었습니다.]

중계가 끝났다.

일본과 또다시 만나게 됐다.

인터넷에서는 즉각적인 반응이 쏟아졌다.

[또다시 한일전? 이거 규칙 바꿔야 되는 거 아님?]

[거저먹겠네. 결승 진출 ㄱㄱ.]

[일본 애들 아주 진이 빠졌네. 쿠바 감사합니다.]

[어차피 찬열이가 홈런으로 해결해 줄 거니 걱정 ㄴㄴ.]

찬열의 눈길이 간 것은 일본의 전력에 관한 것이었다.

오늘 경기에서 일본은 대부분의 투수진을 소모했다.

그만큼 박빙의 경기였기 때문이다.

선수들의 심력 소모 역시 대단했을 것이다.

하지만 찬열은 조금 다르게 생각했다.

'힘든 경기였기 때문에 선수들의 실전 감각이 더욱 날카롭게 서 있을 거다.'

준결승까지는 기한이 있다.

그렇기 때문에 실전 감각이 떨어질 가능성도 있었다.

'게다가 스지우치를 아꼈다. 준결승전을 대비한 건가?'

이번 경기에서 스지우치는 단 3개의 공으로 아웃 카운트 1개를 올린 채 교체됐다.

다분히 이후를 생각한 기용이라 할 수 있었다.

'다음 승부는 결승전이 되겠군.'

순위 결정전이 코앞이다.

하지만 2조의 결과가 어떻게 나올지 알 수 없기에 어떤 자리를 택하더라도 의미는 없다.

그렇다면 정면 승부를 하지 않을 것이다.

찬열은 그렇게 생각했다.

* * *

두 번째 한일전은 정면 승부가 아니었다.

두 국가 모두 준결승 진출이 확정이 된 상황.

굳이 정면 승부를 펼칠 이유가 없었다. 이동건 감독은 과감하게 주전 멤버들을 제외하고 백업 멤버를 기용했다.

호시노 감독 역시 매한가지였다.

그렇다 하더라도 국가 대표전이었다. 양국의 관심이 시들해졌다고 하더라도 경기에 나서는 선수들의 마음가짐은 여전히 비장했다.

찬열은 더그아웃에 앉아 그라운드를 바라봤다.

정확히 말하면 최연우를 보고 있었다. 오늘 선발로 출장한 최연우는 아주 좋은 플레이를 보여주고 있었다.

뻑ㅡ!

"스트라이크!"

구심이 스트라이크를 선언하자 더그아웃이 술렁였다.

"오오……."

"쩌는데?"

"찬열아, 방금 저거 프레이밍 아니냐?"

김태현의 질문에 찬열이 고개를 끄덕였다.

그것도 자신의 것과 비슷했다.

그것만이 아니었다.

오늘 보여주는 플레이의 대부분이 자신과 비슷했다.

따라 한다는 느낌은 아니었다.

마치 자신의 것처럼 능숙한 움직임이었다.

'대단한 녀석.'

같이 훈련을 한 게 고작 며칠이다.

그런데 벌써 저 정도까지 흡수했다니 놀라운 일이었다.

'정말 밑바닥까지 다 털리겠군.'

무엇보다 최연우의 리드 능력에는 혀를 내둘렀다.

투수와 타자에 대한 모든 것을 알고 있다는 듯 노련한 리드를 보여주었다. 물론 간혹 실수가 나올 때도 있었다. 하지만 흔들리지 않았다.

그게 더 인상 깊었다.

'저런 괴물 같은 녀석들이 내 뒤를 따라오고 있다. 나 역시 더 노력해야 돼.'

사람들은 그런다.

찬열이 더 이상 이룰 게 없다고 말이다.

하지만 본인은 그렇게 생각하지 않았다.

지금의 자리를 지키는 것 역시 자신이 해야 할 일이었다.

또한 남들이 밟아보지 않았던 미지의 세계를 탐험하는 것 역시 그의 또 다른 도전이었다.

이번 대회에서 그것을 확실하게 깨달을 수 있었다.

[한국 대표팀이 일본을 3 대 1로 누르고 승리를 챙겼습니다. 한국 대표팀은 2조의 패자와 준결승전에서 맞붙게 될 예정입니다.]

* * *

한국 대표팀은 미국으로 출국했다.

준결승전이 열리는 곳이 샌프란시스코 AT&T 파크였기 때문이다.

대표팀은 자체 청백전을 통해 실전 감각을 잊지 않기 위해 노력했다.

그러던 때에 2조에 이변이 일어났다. 대부분의 전문가가 2조의 진출팀으로 도미니카 공화국과 미국을 꼽았다. 2조 4강에 오른 다른 두 팀인 이탈리아와 푸에르토리코가 약세로 꼽혔기 때문이다.

도미니카 공화국은 예상대로 준결승전에 진출했다. 이변의 주인공은 푸에르토리코였다. 강적 미국을 꺾고 준결승전에 오른 것이다. 순위 결정전에서 도미니카 공화국에 패배했지만 그것만으로도 큰 이슈였다.

"우리의 상대는 푸에르토리코로 결정됐다. 생소한 상대지만 미국을 이긴 만큼 긴장의 끈을 놓지 말고 경기를 준비하자."

"예!"

선수들은 비장한 마음으로 경기를 준비했다.

* * *

푸에르토리코와의 경기는 일방적이었다.

특히 찬열의 원맨쇼가 펼쳐졌다.

딱─!

[또다시 쳤습니다! 큽니다! 이번에도 넘어가느냐?!]

첫 타석에서 홈런을 기록했던 찬열이다.

그런데 두 번째 타석에서도 큼직한 타구를 날렸다.

관중들이 자리에서 일어나 타구를 쫓았다.

펙-!

[넘어갔습니다!! 이번 대회 두 번째 연타석 홈런을 기록하는 정찬열 선수!]

"정! 정! 정! 정!"

경기장을 찾은 관중들이 환호를 질렀다. 한국인 원정 팬들도 있었고 교민들도 있었다. 하지만 그보다 많은 숫자의 미국 관중이 찬열의 이름을 외치고 있었다.

"이야, 찬열이가 미국에서 인기 많다더니. 쩌네."

찬열의 인기에 대해서는 많이 들었다. 언론에서도 매일 다루다시피 했었다. 그러나 직접 보는 건 처음이었다.

새삼스레 자신들이 어떤 선수와 야구를 하고 있는지 놀라운 대표팀이었다.

[순식간에 스코어는 6 대 0으로 벌어졌습니다.]

준결승전이라고는 해도 수준 차이가 심했다.

특히 찬열의 타격을 푸에르토리코의 투수들이 막기에는 역부족이었다.

'찬열이까지는 필요가 없겠군.'

이동건 감독은 더그아웃으로 돌아온 찬열에게 다가갔다.

"찬열아, 다음 이닝부터 교체다."

"예."

경기 중반을 넘은 상황이다.

이 정도의 점수 차라면 충분히 막을 수 있다.

그런 판단을 내린 이동건 감독의 생각을 읽은 찬열은 별다른 말을 하지 않았다.

그리고 이동건 감독의 예상은 적중했다.

하원호가 투입되었지만 푸에르토리코의 타선을 막기에는 충분했다.

뻐억-!

"스트라이크! 아웃!"

[마지막 아웃 카운트가 올라갑니다. 한국 대표팀 결승전에 선착합니다!]

[투타의 밸런스가 좋았던 경기입니다. 한국 대표팀의 우승을 기대해 볼 수 있겠습니다.]

[그렇군요. 저희는 결승전에서 다시 인사드리도록 하겠습니다.]

* * *

호시노 감독은 TV를 껐다.

'결승에 오르게 되면 한국과 다시 붙게 되는군.'

그전에 도미니카 공화국을 잡아야 한다.

자신 있었다. 그들이 비록 강한 상대이기는 하지만 자신들이라면 이길 수 있을 거라 판단했다.

하나 한국은 아니었다.

'정확히 말하면 정찬열이지.'

수없이 많은 세월 동안 야구를 해왔다. 하지만 이런 기분은 처음이었다. 절대 이길 수 없을 것 같은 상대라니 말이다. 한 시즌에 80개의 홈런을 때려낸 괴물이다.

'어째서 저런 녀석이 한국에서 나온 거지?'

이해할 수 없었다.

그의 머릿속에 한국은 일본보다 야구 인프라가 잘 되어 있지 않은 나라였다. 실제로도 그렇다. 그런 나라에서 어떻게 저런 녀석이 나왔을까?

중요한 건 그게 아니었다.

분명한 건 정찬열이란 산이 눈앞에 있다는 것이었다.

'굳이 산을 넘을 필요는 없겠지.'

나이가 들다 보니 꼼수라는 것도 생긴 호시노 감독이었다.

눈앞에 넘을 수 없는 산이 있다면 무리해서 넘을 필요는 없었다.

그게 그의 생각이었다.

다음 날.

일본은 도미니카 공화국을 2 대 0으로 누르고 결승전에 진출했다.

6장

WBC 우승!

　한국과 일본의 3차전이 결정됐다.

　미국 샌프란시스코에서 열리게 될 이번 대회에 많은 관심이 몰렸다. 애초에 WBC 사무국은 미국의 탈락으로 인해 대회의 흥행을 걱정했다.

　하지만 그건 기우에 불과했다. 메이저리그 최고의 스타인 정찬열. 그리고 빅 리그에서 활약 중인 선수들이 대거 참석한 덕분에 결승전 티켓은 순식간에 매진이 됐다.

　한국에서는 이번 대회를 보기 위해 많은 사람이 TV와 컴퓨터 앞에 앉았다.

　[제3회 월드 베이스볼 클래식의 결승전, 숙명의 라이벌! 한국 대 일본의 경기를 지금부터 중계해 드리도록 하겠습니다.]

　경기가 시작됐다.

[결승전에 선착한 한국이 수비로 먼저 나섭니다. 선발투수로는 류성일 선수가 마운드에 오릅니다. 수비 위치 확인하시겠습니다.]

스타트 라인업은 예상대로였다.

대부분 최고의 선수가 자리를 지키고 있었다.

일본 역시 마찬가지였다.

하지만 그들의 데이터는 찬열의 머릿속에 들어 있었다.

또한 류성일은 한국 대표팀 투수 중 가장 제구력이 뛰어난 투수였다. 배짱 역시 두둑했다. 찬열이 원하는 공격적인 코스를 향해 있는 힘껏 공을 뿌렸다.

빽ー!

"스트라이크!"

[초구 포심 패스트볼로 기분 좋은 스트라이크를 잡아냅니다.]

류성일의 공은 묵직했다.

구속은 빠른 편이 아니다.

하지만 공의 회전과 날카로운 제구력은 메이저리그 상위권 수준이었다.

'커브.'

류성일만 돋보이는 게 아니었다.

"흡ー!"

기합과 함께 뿌린 공이 포물선을 그리며 날아왔다.

타자의 배트는 나오지 않았다.

선구안이 좋은 탓이다.

하지만 이번에는 그의 실수였다.

공이 홈 플레이트를 지나는 순간 찬열의 상체가 올라갔다. 구심의 시야를 가린 것이다. 동시에 손목을 꺾었다. 정상적인 포구는 아니었지만 공을 놓치지 않았다.

좌작-!

웹에 공이 들어오는 순간.

찬열은 상체를 정상적으로 돌리면서 손목을 다시 돌려 공을 끌어 올렸다. 잡힌 위치만 보면 공은 정확히 스트라이크를 통과했다. 그리고 구심은 그것을 보고 판정을 내릴 수밖에 없었다.

"스트라이크!"

"무슨?!"

타자가 반발을 했다.

짧은 영어로 구심과 이야기를 나누었다.

이내 고개를 젓는 그의 눈빛이 찬열에게 향했다.

짜증 섞인 눈빛이었다.

그렇다고 찬열이 그에게 미안하거나 하진 않았다. 프레이밍은 엄연히 포수가 가진 하나의 무기였다.

[정찬열 선수의 프레이밍이 빛을 발합니다!]

[메이저리그에서도 극찬을 하는 프레이밍입니다. 타자의 입장에서는 투수만이 아니라 포수와도 싸워야 되는 느낌일 겁니다.]

찬열은 프레이밍을 적극적으로 활용했다.

물론 백 퍼센트 통하는 게 아니었다. 오늘 구심은 미트의 위치만이 아니라 홈 플레이트를 지나는 순간도 유심히 보기 때문이다. 공의 변화에 따라서는 구심의 시야를 가리지 못할 때도 있었다.

덕분에 성공률은 저조했다.

하지만 그것으로도 충분했다.

'타자들이 흔들리고 있다.'

더그아웃의 이동건 감독의 입가에 미소가 그려졌다.

투수가 다양한 구종을 보유하고 있다 하더라도 시간이 지나면 타자들에게 익숙해진다.

그러다 보니 각도에 따라 볼인지 스트라이크인지 타자들이 판단을 내릴 수 있게 된다. 그 판단을 흔드는 게 바로 포수의 프레이밍이다. 덕분에 타자들은 확신을 가지고 판단을 내릴 수 없게 됐다.

그 결과.

딱ㅡ!

[완벽히 떨어지는 공에 타자의 배트가 돌았습니다! 빗맞은 타구 2루수 정면으로 향합니다. 안전하게 포구하여 1루에 송구!]

퍽ㅡ!

"아웃!"

[마지막 아웃 카운트가 올라갑니다!]

카메라가 더그아웃으로 들어가는 류성일과 찬열을 비췄다.

가볍게 주먹을 부딪치는 두 사람의 모습에 사람들은 열광
했다.

[쩐다, 쩔어!]

[이게 메쟈 클라스!]

[이 두 사람의 호흡을 볼 수 있다는 것 자체가 감동입니다.]

[일본 발라 버려!]

　실시간 코멘트가 후끈 달아올랐다.

　더그아웃 역시 마찬가지였다.

　"이야! 성일아, 오늘 공 정말 좋다."

　"외야까지 공이 날아오지를 않네."

　투수가 컨디션이 좋으면 덩달아 수비들도 컨디션이 오른
다. 컨디션이 오른 선수들은 자연스레 타격에서도 좋은 모습
을 보여주게 된다.

　딱―!

[쳤습니다! 유격수 키를 넘기는 안타입니다!]

[가볍게 밀어 쳐서 안타를 만들었어요. 매우 좋은 스윙이었습니다.]

　행운도 뒤를 따랐다.

　딱―!

[기습 번트! 3루 선상을 타고 공이 구릅니다!]

[3루수의 대시가 늦었어요! 전력 질주를 하면 살 수도 있습니다!]

[3루수, 공을 잡는 걸 포기합니다!]

라인을 벗어난다고 판단을 내렸다.

[아아! 공이 멈췄습니다. 라인을 벗어나지 않는 타구! 그사이 타자 주자는 1루에 안착했습니다! 무사에 주자 1, 2루!]

[아무래도 그라운드의 상황이 다르다 보니 판단을 잘못한 것 같습니다. 미국의 잔디는 일본과는 다릅니다.]

[적응이 덜 됐다고 봐야겠죠?]

[그렇습니다. 하루 이틀 연습을 하고 한두 경기 실전을 치른다고 해서 바로 적응할 수 있는 게 아닙니다.]

[그렇군요. 어쨌든 우리 대표팀에게는 행운입니다. 그리고 타석에는 한국의 4번 타자! 메이저리그의 홈런왕인 정찬열 선수가 들어섭니다!]

"정! 정! 정!"

[벌써부터 관중석이 뜨거워집니다!]

모든 이가 찬열의 화끈한 한 방을 기대하고 있었다.

그때 호시노 감독의 손이 바쁘게 움직였다.

사인을 받은 포수가 무겁게 고개를 끄덕였다.

타석에 들어선 찬열을 힐끔 바라본 포수가 투수에게 사인을 냈다.

[사인이 조금 길어집니다.]

[아무래도 정찬열 선수가 상대이니 섣불리 덤빌 수 없을 겁니다. 매우 신중하게……]

[아~ 이게 뭐죠?!]

카메라가 투수가 아닌 포수를 잡았다.

한데 포수의 위치가 이상했다.

캐처 박스에서 한참을 벗어나 있었다.

"우우우우-!"

[관중석에서 야유가 쏟아집니다!]

[그럴 수밖에 없습니다. 아무리 정찬열 선수가 위험하다고는 해도 설마 1회부터 고의사구를 하나요?]

[게다가 무사에 1, 2루입니다. 만루 작전으로 가겠다는 건가요?]

해설진도 이해할 수 없다는 반응이었다.

당연했다.

무사 작전은 경기 중후반에나 나올 수 있는 작전이다. 그 것도 자신들이 이기고 있을 때나 나오는 게 정상적이었다.

퍽-!

"볼!"

[초구, 볼이 들어옵니다.]

고의사구 작전이 현실이 됐다.

찬열은 무심한 얼굴로 다나카를 바라봤다.

'국제 대회에서 이러는 건 처음이군.'

메이저리그에서 경험을 해봤기에 흔들리지 않았다.

조바심을 낼 이유도 없었다.

만루가 되면 유리한 건 자신들이었다.

퍽―!

"볼! 베이스 온 볼!"

[볼넷입니다. 고의사구로 만루가 되는 대표팀입니다!]

1루로 걸어가는 찬열을 보며 호시노 감독은 담담한 표정
이었다.

그런 그에게 수석 코치가 다가왔다.

"정말 이렇게 가도 괜찮겠습니까?"

"왜? 떨리나?"

"솔직히 그렇습니다. 무사 만루라니……. 아무리 정찬열
이라지만 차라리 승부를 하는 게……."

"자네 한국 대표팀이 이번 대회에서 총 몇 점을 냈는지 알
고 있나?"

"1라운드부터 하면 총 29점을 냈습니다."

"정확하네. 그중에서 정찬열이 낸 점수가 무려 15점이야."

팀의 절반에 해당하는 타점이다.

얼마나 대단한 선수인지 단적으로 보여주는 예였다. 물론
이 같은 정보는 자신도 알고 있었다. 하지만 호시노가 말하
고 싶은 건 거기서 끝이 아니었다.

"중요한 건 한국 대표팀의 점수 흐름이네."

"흐름이요?"

"공격이 막혀 있다가도 정찬열이 점수를 내면 흐름을 타기
시작했지."

"으음……."

"그 흐름을 원천적으로 차단할 생각이야."

거기까지는 생각하지 못했다.

'그렇다 하더라도 1회부터 고의사구라니…….'

아직까지 이해가 되지 않는 부분이었다.

너무 겁을 먹는 건 아닌가 싶었다. 하지만 더 이상 이야기를 꺼낼 수 없었다. 어쨌든 감독은 호시노였고 선택 역시 그가 하는 것이기 때문이다.

'과연 이 선택이 어떻게 될지.'

미래는 아무도 모른다.

그렇기에 두려운 것이다.

일단은 성공적으로 보였다.

딱―!

[아! 타구가 내야에 높게 뜹니다!]

[인 필드 플라이가 선언이 되네요.]

주자는 움직이지 못했다.

'너무 흥분했다.'

찬열은 아웃이 되는 선배를 보며 안타까웠다. 자신을 거르고 본인을 택했다는 생각에 힘이 너무 들어갔다. 무언가를 보여주겠다는 의욕이 앞섰던 것이다. 평소의 타격이 나오지 않는 게 당연했다.

'만루에서 좋은 타구를 날려 보내는 건 매우 어려운 일이

다. 부담감을 많이 느끼기 때문이지.'

호시노 감독의 입가에 미소가 그려졌다.

정찬열을 거르는 도박은 승산이 있다고 생각했기 때문에 결정했다.

'그리고 다음 타자가 느끼게 되는 부담감은 더욱 커진다.'

그 결과.

딱—!

[빗맞은 타구! 2루수 정면으로 향합니다.]

[좋지 않아요.]

[2루수 유격수에게 그리고 다시 1루수에게!]

픽—!

"아웃!"

[아쉽습니다. 무사 만루의 찬스에서 더블플레이라는 최악의 결과가 만들어집니다.]

자신의 예상대로 경기가 풀렸다.

호시노 감독이 주먹을 불끈 쥐었다.

'베스트다.'

경기의 흐름이 일본에게 넘어갔다.

* * *

일본은 끊임없이 한국을 공략했다.

그러나 류성일은 만만한 선수가 아니었다.

비록 타선이 점수를 내지 못했지만 흔들리지 않았다.

그 결과 두 팀의 점수는 0 대 0으로 진행됐다.

[5회까지 양 팀, 점수를 내지 못하고 있습니다.]

[일본의 정찬열 봉쇄 작전이 먹히네요. 한국 타선이 힘을 쓰지 못하고 있어요.]

[일본의 막강한 방패가 다시 한 번 위력을 발휘한다고 봐야겠군요.]

찬열에게 뚫리기 전까지 일본의 투수진은 최강이었다.

그 위력이 다시 한 번 발휘되고 있는 것이다.

'흐름이 나쁘군.'

겉으로만 봤을 때 이동건 감독의 표정은 평소와 같았다.

하지만 속마음은 달랐다.

현재 상황이 나쁘다는 건 누구보다도 더 잘 알고 있었다.

이런 순간을 타파할 방법은 두 가지가 있다.

하나는 선수들이 해내는 걸 기다리는 것이다.

하나 지금은 그럴 수 없었다. 일본에게 흐름을 뺏긴 뒤로 하나같이 맥을 추지 못하고 있었다.

기존의 선수로는 흐름을 바꾸기에 무리였다.

"박 코치."

"예, 감독님."

타격 코치인 박기수 코치가 다가왔다.

"최연우를 준비시키세요. 다음 회에 대타로 내보냅니다."

"알겠습니다."

박기수 역시 현역 프로팀 감독이다.

이동건 감독의 속마음을 읽고는 바로 고개를 끄덕였다. 지금 시점에는 기존의 선수가 아닌 새로운 얼굴이 나서야 할 때다. 정신적으로 눌리지 않고 부담감을 느끼지 않을 정도로 담이 커야 했다.

"연우야."

"네! 코치님."

"다음 회에 대타로 타석에 선다. 준비해 둬."

"알겠습니다!"

누구라도 부담스러울 상황이다. 하지만 최연우는 무척이나 밝은 얼굴로 대답했다.

'지금 상황에서는 연륜보다는 패기가 중요하다.'

그때였다.

딱―!

경쾌한 소리가 그라운드에 울려 퍼졌다.

이동건의 눈에 그라운드 위를 날아가는 타구가 보였다.

'이런……'

"와아아아!"

경기장을 찾았던 일본 관중이 환호성을 내질렀다.

[아―! 5회 투아웃까지 잘 던지던 류성일 선수, 솔로 홈런을 허용합니다.]

[방금 공은 실투였습니다. 체인지업이 떨어지지 않고 스트라이크 존 한가운데로 들어갔어요. 아쉽습니다.]

5회 투아웃까지 완벽했다.

단 1명의 주자만 출루를 시켰을 정도로 대단한 피칭이었다. 그러나 단 한 순간의 실수가 뼈아팠다. 1점 승부가 될 게 분명한 경기에서 점수를 내주고 말았다.

류성일의 고개가 절로 떨어졌다.

'됐어!'

반대로 호시노 감독은 주먹을 불끈 쥐었다.

정찬열 봉쇄 작전에서 가장 중요한 건 선취점이었다.

'그동안 메이저리그에서 이 작전을 실패했던 건 정찬열을 제외한 다른 타자들이 점수를 냈기 때문이다.'

호시노 감독은 정찬열을 막기 위해 메이저리그 경기도 참고했다. 그 결과 몇몇 팀에서 고의사구 작전을 낸 것을 확인했다. 대부분 실패했다. 간혹 성공하기도 했지만 장기전에서 매번 정찬열을 막을 수 없었다.

'단기전은 다르다. 한 경기만 이기면 된다.'

지금까지는 자신의 생각대로 경기가 이어지고 있었다.

이대로 경기가 끝나면 승자는 일본이 된다.

'굴욕은 한순간이지만 기록은 영원히 남는다. 날 비난하는 수많은 언론과 야구인들도 결국 이기면 내 편으로 돌아설 것이다.'

호시노 감독의 얼굴에 진한 미소가 그려졌다.

이제 남은 건 잘 잠그는 것이었다.

"불펜에 연락해서 동원할 수 있는 모든 투수를 준비시키라고 전하게."

"전부 말입니까?"

"그래, 선발부터 어제 경기에 뛰었던 녀석들까지 모두."

"알겠습니다."

어차피 마지막이다.

오늘 경기로 모든 게 결정된다.

그것을 알기에 투수 코치 역시 별다른 말을 하지 않았다.

코치가 불펜에 전화를 넣을 때.

류성일이 세 번째 아웃 카운트를 잡아냈다.

[점수를 내주었지만 마지막 아웃 카운트를 잡아내는 류성일 선수입니다!]

'역시 좋은 투수다.'

적장마저 감탄하게 하는 투수였다.

'하나 승리는 우리 것이다.'

1점을 지키는 건 어렵지만 불가능한 건 아니었다.

지금처럼만 경기가 이어지면 됐다.

그때 타석으로 생소한 얼굴의 선수가 나왔다.

'최연우?'

이번 대회에서 몇 번 얼굴을 비쳤던 선수다.

그에 대한 정보도 당연히 있었다.

'한국에서 좋은 성적을 냈다지만 국가 대표 출전이 처음인 선수를 지금 시점에 기용한다?'

이동건 감독의 생각이 무엇인지 감이 잡혔다.

'승부수를 띄우겠다 이거군.'

산전수전을 모두 겪은 호시노 감독이다.

이동건 감독의 의중을 읽어내는 건 어렵지 않았다.

'거기에 맞는 최강의 수로 상대해 주지.'

호시노 감독이 투수 코치를 불렀다.

그리고 곧 코치가 마운드를 방문했다.

[4회 말 투아웃에서 투수를 바꿨던 일본인데요. 또다시 투수를 변경하나요?]

[벌떼야구로 갈 생각인가 봅니다.]

벌떼야구.

다수의 투수를 투입해 남은 이닝을 틀어막는 걸 의미한다.

벌 떼처럼 투수들이 올라온다고 해서 붙여진 이름이다.

[1점을 지키겠다는 의미겠군요?]

[그렇습니다.]

일본 대표팀의 의중이 어느 정도 밝혀졌다.

카메라가 팔짱을 끼고 있는 호시노 감독을 잡았다.

한국을 응원하는 입장에서는 얄미웠다. 제대로 된 승부도 하지 않은 채 요리조리 피해가니 말이다.

[9번 타순에 들어선 최연우 선수, 이번 대회에서 5타수 2안타를 기록 중입니다. 첫 대회임을 감안했을 때 좋은 성적인 건 분명합니다만 이런 부담스러운 상황에서의 기용은 조금 의외입니다.]

[아닙니다. 지금이기에 가능한 기용법입니다.]

[그렇습니까?]

[예, 지금 시점에서는 어떤 선수가 올라오더라도 어려운 상황입니다. 새로운 활로를 뚫어야 하기 때문이죠. 이럴 때는 감독에겐 두 가지 선택권이 있습니다.]

[두 가지요?]

[하나는 연륜을 지닌 베테랑을 내보내는 겁니다. 노련함으로 상대 투수를 공략하는 것이죠. 그리고 다른 하나는 패기를 지닌 신인 선수를 내보내는 겁니다. 지금처럼 말이죠.]

[어떤 게 더 확률이 높을까요?]

[누구도 알 수 없습니다. 결과가 어떻게 나올지는 50 대 50입니다.]

최연우가 타석에 들어섰다.

그의 얼굴에는 비장함이나 긴장감 같은 건 없었다.

'안타만 때리자! 안타만!'

머릿속에는 오직 하나밖에 없었다.

홈런도 아니었다.

1루에 나갈 수 있는 안타.

그것 하나만을 노리고 집중력을 끌어올렸다.

'이건 볼.'

투수가 와인드업을 하고 공을 뿌렸다.

공의 궤적을 확인한 최연우는 배트를 잡은 손에 힘을 풀었다.

그 순간이었다.

쐐액-!

공의 궤적이 급격하게 변했다.

그러더니 존으로 빨려 들어오듯 이동했다.

퍽-!

"스트라이크!"

구심의 손이 올라갔다.

"휘유-!"

'변화구였어?'

[배트를 휘두르지도 못하고 초구를 그냥 흘려보냅니다!]

[우에하라 선수의 포크 볼은 메이저리그에서도 통하는 명품 구종입니다. 조금 더 긴장감을 가지고 타격에 임하는 게 좋을 거 같습니다.]

우에하라는 메이저리그에서 불펜으로 활약하는 투수였다.

이번 대회에서도 아직까지 무실점으로 호투를 이어가고 있었다.

'자자! 긴장하자! 긴장!'

최연우는 가볍게 뺨을 때리며 다시 타석에 섰다.

하지만 결과는 좋지 않았다.

딱-!

"파울!"

[또다시 파울입니다. 투스트라이크에 몰린 이후 꾸준히 커트를 하고 있지만 정확히 한 방을 때려버지 못하고 있습니다.]

[변화구에 대응하는 속도가 느립니다. 부담감을 느끼는 걸까요?]

관중들은 초조했다.

이번 이닝이 승부처라는 걸 모든 이들이 알고 있었다.

그 막중한 임무를 수행해야 될 최연우가 맥을 못 추니 답답했다.

"도대체 왜 저런 애송이를 내보낸 거야?"

"그러니까 애초에 이동건을 감독으로 세우는 게 아니라니까."

경기장을 찾은 몇몇 관중이 불만을 토로했다.

다행스러운 건 최연우가 그 이야기를 듣지 못한 것이다.

'어디가 잘못된 거지?'

공은 눈에 익었다. 스피드도 평범했다. 분명 칠 수 있을 거라는 생각이 들었다. 그런데 때리지 못했다.

타이밍이 조금씩 늦으면서 배트가 밀렸다.

운이 좋아 파울이 연속적으로 나왔지만 그것도 한계였다.

'때려야 되는데…….'

초조함을 느끼고 있을 때였다.

"연우야!"

자신을 부르는 소리에 고개를 돌렸다.

거기에는 더그아웃 계단에 서 있는 찬열이 보였다.

"잠깐 타임이요."

구심이 고개를 끄덕였다.

최연우는 대기 타석 쪽으로 다가갔다.

그러자 찬열이 손에 쥐고 있던 파인타르를 던졌다.

그걸 받아 든 최연우는 그제야 배트에 묻은 타르가 옅어진 걸 깨달았다.

'멍청이, 긴장해서 이것도 까먹고 있었냐.'

일명 끈끈이라고도 불리는 타르는 강한 스윙 때 배트가 손에서 빠지는 걸 방지해 준다.

너무 과하게 바르면 규정 위반이지만 적당히는 괜찮았다.

타르를 바르고 찬열에게 고개를 숙일 때.

"어깨가 너무 빨리 열린다. 힘 좀 풀어."

찬열이 간단한 조언을 건넸다.

하지만 그 조언은 최연우에게 크게 다가왔다.

'어깨가 빨리 열린다고?'

생각지도 못했던 일이었다.

공을 쳐야 한다는 생각에 폼에는 크게 신경 쓰지 않았다.

수만, 수십만을 반복했던 동작이다. 당연히 그대로일 거라 생각했다. 익숙한 일이 잘못될 거라 생각하지 못한 것이다.

다시 타석에 들어선 최연우는 찬열의 조언을 떠올리며 타격 폼에 유의했다.

'그래, 그걸로 됐어.'

자신의 자리로 돌아온 찬열이 최연우가 신경 써서 자세를 잡는 모습을 보며 미소를 지었다.

'폼에 신경을 써야 하는 건 당연한 일이다. 하지만 그 당연한 일을 잘하지 못하는 게 신인이다.'

자신도 그랬다.

회귀 전에 폼에 신경을 쓰지 못하고 타격에 임하다 페이스가 떨어졌던 일이 있었다.

조언을 해줄 사람도 없었기에 슬럼프는 길었다.

'부담을 가지지 말고 때려.'

찬열은 최연우를 응원했다.

그를 기용한 스승 이동건의 선택이 잘못되지 않았으면 하는 마음도 있었다.

또 하나는.

'나 역시 감독님과 같은 생각이다.'

만약 내가 감독이었다면.

그런 생각을 하니 이동건과 같은 결정을 내렸다.

그렇기에 그 결정이 맞기를 기원했다.

그리고.

"흡!"

우에하라가 와인드업과 함께 공을 뿌렸다.

'어깨를 닫고 공을 유심히 봐라.'

야구를 배울 때 지도자들이 하는 말이 있다.

어깨에 턱을 올리고 날아오는 공에서 눈을 떼지 말라는 이야기다.

이는 두 가지 의미가 있다.

하나는 공을 끝까지 볼 수 있는 효과, 다른 하나는 바로 어깨가 일찍 열리는 걸 방지하는 것이다.

어깨가 빨리 열리면 제대로 힘을 실지 못한다. 또한 타격의 정확도가 떨어지면서 정확한 타격을 할 수 없게 된다.

타격의 기본이라 할 수 있었다. 그 기본을 각인하고 실천하는 게 무척 어려웠다. 하지만 존경하는 정찬열이 한 말이었기에 최연우는 그것을 위해 노력했다.

'패스트볼?'

어깨를 굳게 닫아두니 공의 궤적이 정확히 눈에 들어왔다.

패스트볼의 궤적을 그리며 날아오는 공에 스윙을 시작하려는 찰나.

'아냐! 떨어진다!'

궤적이 흔들리는가 싶더니 밑으로 쑥 꺼졌다.

'포크 볼!'

최연우의 눈이 빛났다.

그의 스윙이 시작됐다.

밑에서부터 올려치는 배트의 궤적과 떨어지는 공의 궤적이 하나가 되었다.

'밀어라!'

공과 배트가 만나는 0.1초의 순간.

최연우는 최대한 팔로스로를 하며 공을 때려냈다.

따악-!

[쳤습니다!! 이건 큽니다!!]

공이 높게 떠올랐다.

[아아아! 넘어가나요?!]

모든 관중이 자리에서 일어났다.

캐스터와 해설위원이 놀라 괴성에 가까운 중계를 토해냈다.

[헐!]

[설마!!]

[말도 안 돼!!]

인터넷 역시 실시간으로 댓글을 쏟아냈다.

툭-!

외야석 관중석에 떨어진 공이 다시 한 번 튕겨져 올라오는 장면이 카메라에 잡혔다.

[넘어갔습니다!!! 동점 솔로포를 터뜨리는 최연우 선수입니다!!]

"최연우! 최연우! 최연우!"

그동안 조용히 경기를 관람하던 한국 응원단이 일제히 최연우의 이름을 연호했다.

[그라운드를 도는 최연우 선수! 정말 자랑스럽습니다!]

[대단한 스윙이었어요. 완벽하게 타이밍을 맞춰 그냥 넘겨 버렸습니다! 이걸로 숨통이 트였으면 좋겠습니다!]

모든 사람이 바라는 시나리오였다.

하지만 호시노 감독은 나이만큼이나 노련한 감독이었다.

"투수 교체하게."

"알겠습니다."

그는 냉정하게 상황을 판단하고 바로 투수 교체를 지시했다. 제아무리 메이저리거라 하더라도 망설임이 없었다.

[아~ 바로 투수를 교체하는 일본 더그아웃입니다.]

[적절한 교체입니다. 한 방을 맞은 직후가 가장 중요합니다. 마운드가 흔들리면 바로 역전까지도 가능하기 때문이죠.]

호시노 감독의 작전은 이번에도 맞아떨어졌다.

뻐억-!

"스트라이크! 아웃!"

[4구 만에 헛스윙 삼진을 당합니다. 흐름이 여기서 끝기나요?]

1번과 2번이 나란히 아웃을 당했다.

그리고 타석에 들어서는 찬열에게는 고의사구로 내보냈다.

오늘 경기 3번째 고의사구였다.

[철저하게 정찬열 선수를 배제하는 작전을 가져가는 일본 대표팀입니다.]

야유가 쏟아졌다.

경기장을 찾은 한국 원정 응원단은 물론이거니와 현지팬들 역시 야유를 터뜨렸다.

[이해할 수 없어요. 정이 무서운 타자이기는 하지만 이렇게까지 피해가다니 말이죠.]

미국 현지 중계팀 역시 마찬가지였다.

호시노 감독이 보여주는 야구는 상식을 벗어나는 것이었다. 자존심을 버리는 야구. 그것을 선택한 호시노 감독은 관중석의 야유는 한 귀로 흘릴 정도로 강한 정신력을 가지고 있었다.

* * *

[7회 초, 삼자범퇴로 이닝을 마무리하는 한국 대표팀! 7회 말 공격으로 찾아오겠습니다.]

경기가 소강상태로 접어들었다.

동점인 상황에서 두 팀 모두 산발적인 안타만 터뜨렸다.

더 이상 점수가 나지 않는 상황.

팽팽한 상황이지만 호시노 감독은 초조하지 않았다.

오히려 여유로웠다.

"스지우치를 준비시키게."

"알겠습니다."

스지우치는 최근 경기에서 철저하게 관리를 했다.

결승전을 위해서다.

이번 대회에서 선발과 중간, 그리고 마무리까지 골고루 활용했다.

덕분에 그는 언제든지 출전할 수 있었다.

'지금부터 스지우치가 3이닝만 막아주고 우리가 어떻게든 점수를 내면 이길 수 있다.'

경기가 언제까지나 계획대로 풀리는 건 아니었다. 하지만 오늘은 자신이 있었다. 지금까지 예상한대로 경기가 풀렸기에 생긴 자신감이었다. 또한 정찬열 봉쇄 작전이 먹히는 상황에서 점수를 낼 확률은 자신들이 더 높았다.

호시노 감독은 그렇게 판단했다.

[일본 마운드가 다시 바뀝니다. 메이저리그 뉴욕 양키스에서 활약하고 있는 스지우치 선수가 올라옵니다.]

[팀에서 가장 필요한 순간에 올라오는군요.]

[작년 시즌 스지우치 선수는 루키 시즌임에도 15승을 올리며 좋은 성적을 기록했었죠?]

[빠른 공과 변화구가 좋은 선수입니다. 상대하기 까다로운 선수죠.]

마운드에 오른 스지우치가 연습 투구를 했다.

뻐억-!

빡-!

"오!"

공을 던질 때마다 묵직한 소리가 울렸다.

관중석의 야유가 사라질 정도로 대단한 무게감이 느껴졌다.

[연습 투구인데도 150㎞가 쩍히네요.]

[음…….]

한국 중계팀의 얼굴에 그늘이 질 정도로 좋은 투구였다.

"플레이볼!"

경기가 재개됐다.

스지우치는 예상대로 좋은 공을 뿌렸다.

"흡―!"

쐐액―!

뻑―!

"스트라이크!"

[초구, 몸 쪽을 날카롭게 찌릅니다!]

딱―!

[2구 또다시 패스트볼에 배트가 밀립니다! 파울!]

후웅―!

순식간에 볼카운트가 불리해졌다.

하지만 베테랑답게 당황하지 않고 차분하게 다음 공을 기다렸다.

'스지우치의 성향을 봤을 때 포심으로 잡으러 올 가능성이 높다.'

작전 회의 때 찬열이 했던 말이다.

스지우치를 가장 많이 상대해 본 찬열의 이야기니 신빙성이 높았다.

'포심을 노리자.'

결정을 한 이규영이 배트를 짧게 쥐었다.

스지우치와 아베가 사인을 교환했다.

'몸 쪽 포심.'

스지우치가 고개를 끄덕였다.

교환은 끝났다.

[3구, 던집니다!]

와인드업과 함께 뿌린 공이 매서운 속도로 날아왔다.

쐐애애액-!

공기를 찢는 소리가 귀를 간지럽게 했다.

이규영이 레그 킥과 함께 빠르게 배트를 돌렸다.

간결하면서도 빠른 스윙이었다.

'몸 쪽으로!'

공의 궤적을 확인하고 최대한 당겨 때렸다.

딱-!

경쾌한 소리와 함께 공이 낮게 날아갔다.

[1루 선상으로 날아가는 타구! 1루수 점프합니다!]

퍽-!

점프한 1루수의 미트에 공이 맞고 파울 라인 밖으로 흘러갔다.

[잡지 못합니다! 이규영 선수, 1루에 안착! 안타를 기록합니다!]

이규영은 무리해서 2루로 달리지 않았다.

한 개의 베이스보다는 다음 타자에게 이어주는 게 중요했기 때문이다.

[주자가 있는 상황에서 정찬열 선수가 타석에 들어섭니다.]

[고의사구로 나가게 되면 무사 1, 2루의 찬스를 맞이하게 됩니다. 좋은 기회가 될 수 있습니다.]

중계진은 당연히 고의사구가 나올 거라 생각했다.

호시노 감독 역시 그럴 생각이었다.

'고의사구로 내보내.'

아베가 고개를 끄덕였다.

찬열에게는 영원히 기회를 주지 않을 생각이었다.

작전에 대해서 충분히 스지우치에게도 숙지를 시켰다.

아베의 사인에 스지우치가 입술을 깨물었다.

'제길…… 정말 그렇게 해야 된다고?'

자존심이 허락지 않았다. 같은 메이저리거인 자신이 어째서 찬열을 피해야 한단 말인가?

'그냥 가운데로 던져 버려?'

승부욕이 그의 머릿속을 가득 채웠다.

그러나 일본 야구에서 호시노 감독의 위치를 생각하면 그럴 수도 없었다. 또한 만약에 안타나 홈런을 맞았을 때에 쏟아질 비난도 두려웠다.

'괜한 모험은 필요 없지. 뒤에 있는 녀석을 잡아내면 되니까.'

4번에는 일본에 진출한 박대수가 자리하고 있었다.

이번 대회에서 뚜렷한 성적을 내지 못하고 있지만 꾸준히 4번으로 출장 중이었다.

이동건 감독이 그를 믿고 있었기 때문이다.

'저런 몸으로 무슨 야구를 한다고.'

대기 타석의 박대수를 보며 비웃음을 지었다.

야구 선수들 중에서 몸이 비대한 선수가 간혹 있었다. 하지만 저 정도까지는 아니다. 만화 캐릭터처럼 배가 볼록한 것이 제대로 뛰지도 못할 것 같았다.

'저런 놈이 홈런을 뻥뻥 때려대니 한국의 수준도 알만하군.'

스지우치는 한국 야구를 무시하고 있었다. 메이저리그에서 성공을 했다는 자신감에 차 있었기 때문이다.

퍽-!

"볼! 베이스 온 볼!"

"우우우우-!"

볼 4개가 연달아 들어갔다.

관중들은 야유를 쏟아냈다.

신경에 거슬리긴 했지만 개의치 않았다.

'이 작전을 선택한 건 내가 아니라 감독이라고!'

대놓고 불만을 나타낼 순 없지만 생각하는 건 자신의 자유였다. 애써 핑곗거리를 떠올리며 로진을 손에 묻혔다.

[무사에 주자 1, 2루! 그리고 타석에는 4번 타자 박대수 선수가 들어섭니다!]

[이번 대회에서 전체적인 감이 좋지 않지만 확실한 건 한 방이 있는 타자입니다. 장타 한 방이면 주자 모두 발이 빠르기 때문에 모두 들어올 수도 있습니다.]

박대수가 침착하게 타석에 들어섰다. 성적이 좋지 않다는 건 누구보다 자신이 잘 알고 있었다. 그리고 여론 역시 나쁘다는 것도 알았다. 하지만 흔들리지 않았다. 그는 큰 덩치만큼이나 굳건한 정신력으로 경기에 집중했다.

'내가 해야 할 건 점수를 내는 거다.'

성적이 좋지 않다고 한 방을 노리지는 않았다. 자신이 해야 할 걸 정확히 알고 거기에 필요한 목표를 설정했다.

타석에 서서 장비를 점검하던 찰나.

이동건 감독이 사인을 보냈다. 그 사인을 받은 주루 코치들이 바쁘게 움직였다.

"잠깐 타임이요."

박대수가 타석에서 물러났다.

주루 코치들이 정확한 사인을 보낼 수 있게끔 시간을 벌어 준 것이다. 다시 타석에 들어섰을 때 1루 주루 코치가 사인을 보내왔다.

박대수가 고개를 끄덕였다.

'대범하시네.'

더그아웃의 이동건 감독을 힐끔 바라보며 생각했다.

자신이라면 생각하지도 못했을 작전이다.

"플레이볼!"

다시 경기가 재개됐다.

스지우치는 1, 2루 주자를 눈으로 견제했다. 하지만 직접적인 견제는 아니었다. 4번 타자가 타석에 있는 상황에서 도루를 할 이유는 없었다.

게다가 1, 2루 주자였다.

이 시점에서 더블 스틸이 나올 가능성은 현저히 적었다.

'주자는 신경 쓰지 마.'

아베 역시 그렇게 판단을 내렸다. 그의 사인을 받은 스지우치가 고개를 끄덕이고는 발을 들었다.

그리고 홈 플레이트를 향해 내딛는 순간.

타닥-!

발소리가 들려왔다.

"고!"

뒤를 이어 수비의 외침이 위와 왼쪽에서 들려왔다.

'더블 스틸?!'

가능성이 없을 것 같은 일이 벌어졌다.

그것도 초구였다.

설마 이런 대담한 작전을 펼칠 줄은 몰랐다.

'내 공을 던진다!'

스지우치는 흔들리지 않았다.

자신의 공을 던진다면 충분히 잡아낼 수 있을 거라 판단을 내렸다. 그 험난한 메이저리그에서도 견뎌냈던 멘탈이다.

이 정도 상황에 흔들리지 않았다.

"차앗-!"

쐐애액-!

퍽-!

공이 순식간에 아베의 미트에 박혔다.

'2루!'

아베는 순간적으로 이규영과 정찬열의 위치를 파악했다. 그리고 2루를 잡아야 한다는 판단을 내렸다. 정찬열이 조금 더 느렸기 때문이다.

바로 2루에 공을 뿌리려는 순간.

후웅-!

박대수가 마치 몸을 풀 듯 가볍게 배트를 돌렸다. 약간의 시간을 벌기 위한 스윙이었다. 아베가 노련한 포수라고 해도 순간적으로 시야를 가리는 스윙에 멈칫할 수밖에 없었다.

고작 영 점 몇 초의 짧은 순간이었다. 그러나 그 짧은 순간에 찬열은 베이스에 안착할 수 있었다.

[과감한 더블 스틸이 나왔습니다! 아베 포수, 3루와 2루 어디에도 던지지 못합니다!]

[대담한 작전이 나왔어요. 4번 타자가 있는 상황에서 더블 스틸

을 지시할 줄은 몰랐습니다.]

누구라도 생각은 할 수 있다.

하지만 그걸 자신이 지휘관이 되어 작전을 낼 수 있는 사람은 많지 않았다. 실패에 따를 리스크가 컸기 때문이다.

하나 야구에서는 만약에 라는 말이 통하지 않는다. 작전은 성공했고 이동건 감독이 내린 지휘는 신의 한 수가 되었다.

'제길! 저걸 못 잡아?'

아베에 대한 불만이 나타났다.

충분히 잡을 수 있는 볼이라 생각했기 때문이다.

'후우―! 진정하자. 흥분하면 오히려 나만 불리해진다.'

흥분은 투수에게 독이다.

득이 될 게 전혀 없기 때문에 스지우치는 거칠어진 호흡을 조절했다.

[무사 2, 3루의 찬스! 여기서 박대수 선수가 한 방 날려주면 단숨에 2점을 올릴 수 있습니다!]

경기 후반 절호의 찬스가 찾아왔다.

모든 이가 박대수의 한 방을 기대했다. 그때 이동건이 다시 한 번 사인을 냈다. 그 사인은 주자나 주루 코치에게 향한 것이 아니었다. 사인의 행선지는 박대수였다.

사인을 받은 박대수가 고개를 끄덕였다.

[스지우치 선수, 사인을 교환하고 투수판을 밟습니다.]

'칠 수 있으면 쳐 봐!'

도루를 당했지만 스지우치의 자신감은 떨어지지 않았다.

오히려 자신감을 가지고 공을 뿌렸다.

"차앗—!"

쐐액—!

맹렬한 속도로 회전을 하는 공이 날아갔다.

그 순간 주자들이 달렸다.

"뭐…… 뭐야?!"

놀란 스지우치가 소리쳤다.

아베 역시 공을 포구할 준비를 했다.

그때 박대수가 자세를 낮추더니 번트 자세를 취했다.

딱—!

절묘하게 힘을 줄인 번트 타구가 1루 라인을 타고 굴러갔다.

"제길!"

스지우치가 입술을 깨물며 대시를 했다.

그사이 3루 주자 이규영이 가볍게 홈으로 들어섰다.

[이규영 선수, 홈인! 허를 찌르는 번트로 앞서 나가는 한국 대표팀!]

공을 잡은 스지우치가 이를 악물었다. 역전 점수를 내주었다는 사실을 믿기 어려웠다. 하지만 일단은 아웃 카운트를 올려야 했다.

그는 토스를 하듯 1루로 공을 던졌다.

공이 손을 떠나기 직전.

"홈으로 던져!!"

뒤에서 아베의 목소리가 들려왔다.

그러나 공을 다시 잡기에는 이미 늦었다. 손을 떠난 공이 천천히 1루수를 향해 날아갔다. 스지우치는 반사적으로 고개를 돌렸다. 그의 시선에 3루에서 맹렬하게 홈으로 달려오는 정찬열이 보였다.

"미친!"

[정찬열 선수, 홈을 노립니다!! 공은 1루로 갔어요!]

1루수가 공을 낚아채듯 잡았다.

"아웃!"

1루심이 판정을 내렸지만 1루수는 그것을 들을 여유도 없이 홈으로 공을 뿌렸다. 매서운 속도로 날아오는 공이 정확히 아베의 미트를 노렸다.

그 순간 찬열이 몸을 날렸다.

촤아악-!

밴드 레그 슬라이딩을 시전하자 흙먼지가 피어올랐다.

퍽-!

공을 포구한 아베가 부드럽게 상체를 회전해 찬열을 태그해 갔다.

쿵-!

두 거구가 부딪혔다.

그리고 동시에 땅에 쓰러졌다.

모든 사람의 시선이 홈 플레이트에 집중됐다.

찬열의 발은 홈 플레이트를 밟고 있었다.

문제는 누가 빨랐냐는 것이다.

[세이프인가요?!]

한국 중계진은 당연히 세이프를 주장했다.

[이건 아웃입니다!]

일본 중계진은 당연히 아웃을 말했고 말이다.

두 나라가 공통된 점은 하나였다.

중계 화면이 구심을 잡고 있다는 것이었다.

고심을 하던 구심이 좌우로 팔을 벌렸다.

"세이프!"

[세이프입니다! 세이프예요! 정찬열 선수 공격적인 주루 플레이로 점수 차를 2점으로 벌립니다!]

중계 화면이 바뀌었다.

리플레이 화면이었다.

홈으로 파고드는 찬열의 다리가 줌인이 됐다.

[슬로우 모션으로 보시겠습니다. 정찬열 선수가 먼저 다리를 뻗었습니다. 뒤를 이어 아베 선수가 발로 홈 플레이트를 막았어요.]

아베의 플레이는 훌륭했다.

일본 최고의 포수답게 홈 커버 역시 완벽하게 해냈다.

그러나 찬열은 전 세계에서 가장 뛰어난 포수라는 점이었다. 아베의 플레이는 그의 머릿속에 이미 있었다.

그렇기에 가장 약한 부분도 알았다.

[이 장면이 중요합니다. 정찬열 선수는 홈 플레이트를 가린 아베 선수의 왼발이 아닌 뒤에 있는 오른발을 노렸습니다.]

처음 찬열의 발은 홈 플레이트를 노렸다.

그러던 것이 조금씩 움직이더니 뒤에 있는 오른발을 그대로 스치고 지나갔다.

[아베 선수는 당연히 홈 플레이트를 노릴 것으로 판단하고 왼발에 무게 중심을 두고 있었을 겁니다. 당연히 오른발에는 힘이 부족했을 거고 약간의 충격에도 균형을 무너뜨리기에는 충분했습니다.]

아베도 대단했다.

몸이 공중에 뜨는 순간에도 집중력을 잃지 않고 찬열을 터치했다. 하지만 이미 찬열의 발이 홈 플레이트를 지난 뒤였다.

[두 선수의 접전이 있었지만 정찬열 선수가 한 수 위였습니다! 순식간에 2점을 리드하는 한국 대표팀입니다!]

중계진의 목소리가 고조되었다.

결승전 처음으로 리드를 잡는 순간이었기 때문이다.

인터넷 역시 열렬한 반응이 쏟아졌다.

[정찬열 펀다.]

[저 짧은 순간에 저런 판단을 하다니.]

[그냥 우연임.]

[그것보다 이동건 감독 대단하지 않음? 박대수한테 번트를 지시하다니……]

[박대수도 번트 잘 댔다. 모두 대단하다!]

순식간에 2점을 잃자 호시노 감독이 마운드를 올라왔다.

스지우치는 설마 하는 심정으로 그를 맞이했다.

"고생했다."

손을 내미는 그를 보며 스지우치가 입술을 깨물었다.

그의 마음속에는 미련이 남았다. 차라리 직접적으로 싸워서 당했다면 이런 미련이 없었을 거다. 찬열을 고의사구로 내보냈다는 것에 대한 미련이 그의 마음속에서 떠나지 않았다. 스지우치는 미련을 마운드에 내려놓지 못한 채 더그아웃으로 들어갔다.

한국은 더 이상의 득점을 올리지 못했다.

하지만 2점이면 충분했다.

8회 삼자범퇴로 이닝을 막아낸 한국 대표팀은 벌써 우승 분위기였다.

[9회 초, 3타자를 막기 위해 한승현 선수가 올라옵니다!]

마운드에 오른 한승현이 어깨를 풀었다.

썩 좋은 컨디션은 아니다.

뻐억!

묵직한 소리가 그라운드에 울렸다.

마지막 순간 마무리를 위해 올라온 한승현. 그러나 컨디션이 썩 좋지 않은지 최고 구속이 나오지 않았다.

'150㎞ 중반 정도인가.'

한승현의 최고 구속은 160㎞다.

아무래도 시즌 전인 데다가 결승까지 오는 것에 대한 피로도가 쌓인 듯했다.

또한 제구까지 들쑥날쑥했다.

뻑-!

"볼! 베이스 온 볼!"

결국 첫 번째 타자를 볼넷으로 내보냈다.

[아쉽네요. 5구째 슬라이더가 많이 벗어나면서 볼넷이 됐습니다.]

[음, 한승현 선수의 제구가 흔들리네요.]

어떤 선수라도 매 경기 좋은 모습을 보여줄 순 없었다.

직전 경기에서 퍼펙트게임을 한 투수가 다음 경기에서 난타를 당해 1이닝도 막지 못하고 내려오는 경우가 있었다.

그게 야구였다.

지금의 한승현이 딱 그런 케이스였다.

이번 대회에서 자책점이 단 1점밖에 없을 정도로 완벽한 모습을 보여주었다. 그러나 언제까지고 한결같은 컨디션을 유지할 수 없었다.

이동건 감독도 그걸 알고 있었다.

'준비는 해둬야겠군.'

물론 한승현과 다른 선수들을 믿는다. 이런 어려운 상황 속에서도 어떻게든 막아줄 거라 생각했다.

하지만 감독은 언제나 차선책을 준비해야 했다.

"불펜에 연락해서 남은 투수들 준비시키게."

"알겠습니다."

투수 코치가 고개를 끄덕였다.

현재 대표팀에 남은 투수는 총 3명이었다. 모두 우완이고 국내파 선수였다. 그중에 한 명은 첫 대표팀 출전이었기에 지금 상황에 올리기에는 무리가 있었다.

남은 두 명 역시 한승현보다 무게감이 떨어졌다.

'컨디션이 올라오면 좋을 텐데.'

지금 시점에서 다른 투수를 올린다고 해서 더 좋은 결과가 나올 것 같지는 않았다.

또 하나 이동건이 한승현을 교체하지 않는 이유가 있었다.

바로 찬열 때문이었다. 투수에게 문제가 있다면 찬열이 먼저 올라갔을 것이다. 하지만 찬열은 캐처 박스에서 그대로 있었다.

'아직은 괜찮은 거다.'

이동건 감독은 찬열에 대한 신임이 대단했다.

그만이 아니었다.

마운드 위의 한승현조차도 스스로보다 찬열을 더 믿었다.

'찬열이가 아직 올라오지 않으니 공은 괜찮은 거다. 내 마

인드를 다시 잡아야 돼.'

깊게 한숨을 내쉬었다.

로진을 다시 묻히고 다시 자세를 잡았다.

[첫 타자를 볼넷으로 내보낸 한승현 선수, 부디 다음 타자는 잘 잡아주었으면 합니다.]

[침착하게 공을 던져야 합니다.]

찬열의 시선이 1루 주자와 한승현을 번갈아 가며 주시했다.

'리드가 길다.'

한데 한승현이 주자의 상태를 체크하지 못하고 있었다.

아직까진 제 컨디션이 아니란 소리다.

찬열의 손가락이 1루를 가리켰다.

그 순간 한승현이 다리를 빼고 몸을 돌리며 1루를 향해 공을 뿌렸다.

후웅―!

"헉!"

견제 동작이 전혀 없었기에 주자가 급하게 귀루했다.

퍽―!

1루수가 부드럽게 포구를 하며 상체를 숙였다.

미트가 주자의 어깨를 때렸다.

[아웃 아닌가요?!]

"세이프!"

[아―! 세이프입니다. 아쉽네요!]

[그래도 좋은 견제였습니다. 주자가 깜짝 놀랄 정도였어요.]

관중석에서도 아쉬워했다.

하지만 한승현은 전혀 아쉽지 않았다.

미련이 있으면 오히려 피칭에 방해가 되기 때문이다.

'찬열이 덕분에 주자를 신경 쓸 수 있었다.'

한승현의 긴장이 풀렸다.

자신의 아군이 강력하다는 걸 깨달았기 때문이다.

'녀석의 리드를 믿자.'

스스로에게 다짐한 그가 다시 투수판을 밟았다.

찬열이 사인을 냈다.

교환이 끝나자 자세를 바로잡은 한승현은 눈짓으로 1루 주자를 견제했다.

'뛸 생각이 없다.'

타자만 생각하면 됐다.

한승현이 발을 내디디며 팔을 돌렸다.

"차앗-!"

쐐애액-!

뻐억-!

"스트라이크!"

[몸 쪽을 강하게 찌르는 포심 패스트볼! 155km가 찍힙니다!]

[아~ 좋은 공이에요. 볼 끝이 살아서 미트에 들어갔어요. 아주 좋습니다.]

스트라이크존에 공을 꽂은 한승현은 연달아 좋은 공을 던졌다.

후웅—!

딱—!

"파울!"

[배트가 밀립니다!]

[정확한 타이밍이었지만 공에 담긴 힘이 너무 강합니다!]

뻐억—!

"스트라이크! 아웃!"

[그대로 서서 지켜봅니다! 삼구삼진! 멋지게 아웃 카운트를 잡아내는 한승현!!]

"한승현! 한승현!"

원정 팬들이 환호를 질렀다.

한승현 역시 자신감을 되찾았다.

'좋아. 그렇게만 가자.'

찬열도 한승현의 공이 만족스러웠다.

분명 평소의 상태로 돌아왔다.

하지만 일본 대표팀 역시 사활을 걸기는 마찬가지였다.

[여기서 대타 카드를 씁니다. 메이저리그에서 좋은 활약을 펼쳐주고 있는 마쓰이 선수를 내보냅니다.]

[이번 대회에서 마쓰이 선수는 주로 대타로 출전하고 있습니다. 아직 몸 상태가 좋지 않다는 뜻이겠죠. 그렇다고 방심할 순 없습니

다. 어쨌든 일본을 대표하는 거포이니까요.]

마쓰이는 한 방이 있다. 그것을 알기에 찬열은 조심스럽게 리드했다. 그러나 마쓰이는 노련했다. 유인구는 모두 걸러냈고 자신이 원하는 코스에 공이 들어오는 순간에 배트를 돌렸다.

따악―!

[아아―! 이건 큽니다!]

큰 포물선을 그리며 타구가 날아갔다.

찬열의 가슴이 철렁였다.

스윙이 너무나 완벽했기 때문이다.

'설마······.'

하지만 타구는 곧 힘을 잃었다.

1루로 달려가는 마쓰이 역시 전력 질주를 하는 걸 보고는 찬열이 자세를 잡았다.

"안 넘어간다!"

그의 외침에 내야수들이 발 빠르게 움직였다.

관중들이 타구를 좇는 사이 백업 플레이와 자신들의 포지션을 잡았다. 찬열 역시 홈 플레이트를 막을 준비를 하며 주자의 위치를 확인했다.

'승부는 가능하다.'

찬열이 큰 몸짓으로 외야수에게 사인을 보냈다.

타구는 좌익수 방향으로 날아가는 중이다.

백업 플레이를 가는 중견수가 찬열의 사인을 보고는 단숨에 좌익수에게 접근했다.

퍽-!

[타구 펜스를 다이렉트로 때리고 떨어집니다!]

튕겨져 나온 타구를 잡은 좌익수를 향해 중견수가 소리쳤다.

"홈으로 던져!"

공을 포구한 좌익수가 몸을 회전했다.

발을 내딛는 순간 3루 베이스를 도는 주자가 보였다.

'받아라!'

"차앗-!"

전력을 다해 공을 뿌렸다.

쐐애애액-!

공이 매서운 소리를 내며 허공을 가로질렀다.

방향은 정확히 홈 플레이트를 향해 날아갔다.

[홈으로 송구!!]

주자는 마치 불도저처럼 달려왔다.

찬열은 홈을 막았다. 자신이 점수를 냈을 때와 비슷한 상황이 이제는 자신에게 찾아왔다.

'막는다.'

무게 중심을 낮춘 찬열을 향해 공이 도착했다.

그 순간 주자가 몸을 날렸다.

좌아아악-!

헤드 퍼스트 슬라이딩으로 들어오는 주자.

동시에 공이 미트에 꽂혔다.

퍽-!

둔탁한 소리와 함께 찬열이 그대로 주저앉았다.

오른쪽 허벅지로 가랑이 사이의 빈틈을 완전히 가로막았다. 동시에 미트를 내렸다.

퍽-!

또다시 둔탁한 소리가 울려 퍼졌다.

[막았나요?!]

중계진의 시선이 홈 플레이트를 향했다.

관중, 양 팀의 더그아웃, 심지어는 그라운드 위의 선수들 역시 구심의 판정을 기다렸다.

그때였다.

찬열이 벌떡 일어나더니 3루를 향해 발을 내디뎠다.

"써드!!"

그의 목소리가 적막이 감도는 그라운드에 쩌렁쩌렁 울렸다. 그 소리에 3루수가 정신을 차렸다.

그의 눈에 전력으로 달려오는 마쓰이의 모습이 보였다.

'언제?!'

베이스 지척까지 다가온 그를 보며 놀랐다.

그때 찬열이 공을 뿌렸다.

쐐애액-!

맹렬한 속도로 날아오는 그 순간, 구심이 손을 들었다.

"아웃!"

홈에서 주자가 아웃이 되었다.

남은 건 아웃 카운트 하나.

퍽—!

3루수의 글러브에 공이 꽂혔다.

동시에 몸을 숙여 마쓰이의 어깨에 글러브를 터치했다.

"아웃!"

3루심 역시 아웃을 선언했다.

[아아! 쓰리아웃입니다! 기습적으로 3루를 노리던 마쓰이 선수! 정찬열 선수에게 잡힙니다!]

[정찬열 선수의 냉정한 판단력이 빛을 발했습니다! 홈에서 확실하게 주자를 태그한 뒤 모든 이의 시선이 뺏겼을 때 3루를 노린 마쓰이 선수를 잡아냈어요!!]

마쓰이가 분한 듯 헬멧을 내동댕이쳤다.

홈에서 접전이었다. 몸이 뒤엉킬 게 분명했으니 사는 건 어렵지 않을 거라 봤다. 그리고 여차하면 홈까지 파고들 수 있겠다는 계산까지 있었다.

홈에서 싸움이 벌어질 때 포수가 공을 놓치는 경우도 허다했다. 그런 순간에 홈을 파고들 생각이었다.

그러나 욕심이 과했다.

한순간의 욕심이라기에는 그 대가가 너무 혹독했다.

[한국 대표팀! 일본을 누르고 제3회 월드 베이스볼 클래식에서 우승을 차지합니다!!]

카메라가 마운드 위에서 서로 부둥켜안는 한승현과 찬열을 비추었다.

[이번 대회 최고의 활약을 보여준 87년생 두 선수가 자랑스럽습니다!]

[두 선수만이 아닙니다. 대표팀 전원이 하나가 되어 이루어낸 결과이기에 더욱 뜻깊습니다.]

대회가 끝났다.

곧장 시상식이 이어졌다.

우승을 차지한 대표팀에는 또 하나의 기쁜 소식이 전달됐다.

"제3회 월드 베이스볼 클래식 MVP 한국 대표팀의 정찬열 선수!"

[한국 선수로는 최초로 MVP를 수상하는 정찬열 선수입니다.]

찬열이 단상으로 걸어갔다.

이번 대회를 준비한 WBC 사무국의 총장이 그에게 트로피를 건넸다.

"축하하네."

"감사합니다."

가볍게 고개를 숙여 인사를 한 찬열이 트로피를 번쩍 들었다.

* * *

월드 베이스볼 클래식은 야구에 관심이 없던 일반인들도 많은 관심을 가지게 했다. 특히 정찬열의 대단한 활약은 그의 일거수일투족을 집중하게 만들었다. 대중의 관심이 모이자 언론은 자연스레 그의 기사를 쏟아냈다.

[보스턴 레드삭스와 뉴욕 양키스와의 경기에서 첫 번째 홈런을 터뜨린 정찬열.]

대회가 끝나고 대표팀은 각자의 팀으로 돌아갔다.

찬열 역시 보스턴으로 돌아가 곧장 정규 시즌에 돌입했다.

휴식 시간이 없다는 게 많은 우려를 낳았다. 적잖은 전문가들이 찬열이 이번 시즌만큼은 초반에 힘에 부치지 않을까? 라는 의견을 냈다. 하지만 그런 의견을 비웃기라도 하듯 찬열은 매 경기 좋은 활약을 이어가며 4월 한 달 동안 무려 15개의 홈런을 때려냈다.

그러자 한국의 언론에서 하나의 기사가 업로드됐다.

[클래스가 다른 야구 선수 정찬열]

제목부터가 남달랐다.

수많은 사람이 기사를 클릭했다.

기사에는 대부분 찬열에 대한 기록과 그것이 얼마나 대단한 것인지에 대해 적혀 있었다.

[올 시즌에도 20개의 홈런을 때려낸 정찬열은 메이저리그 통산 홈런 130개를 기록하는 등 수많은 선설과 어깨를 나란히 하고 있다. 기자는 정찬열이 차후 명예의 전당에 입성할 것을 의심하지 않는다.]

이 기사가 나오자 사람들은 떠올렸다.

명예의 전당.

동양인 최초로는 스즈키 이치로가 확실시되고 있는 상황이다. 그 뒤를 이을 선수로 가장 유력한 건 역시 찬열이다.

이제 메이저리그 3년 차. 하지만 그 누구도 이룰 수 없는 업적을 이뤄내고 있는 그였기에 말이다.

많은 사람이 메이저리그에 대해 이야기했다. 학교에 나온 학생들, 회사에 출근한 직장인들이 삼삼오오 모여 메이저리그 중계를 보는 건 당연한 문화가 되어가고 있었다.

* * *

"후우!"

경기를 끝내고 집에 도착한 찬열이 음료수를 단번에 들이켰다.

목이 말랐던 탓에 꿀맛 같았다.

"오늘도 고생했어."

그의 곁으로 안젤라가 다가왔다.

찬열이 그녀를 한 손으로 안으며 입을 맞췄다.

쪽-!

"오늘은 뭐 했어?"

"그냥 쇼핑?"

"그래? 뭐 샀는데?"

찬열의 질문에 안젤라가 거실의 테이블에 있는 쇼핑백을 들어 내밀었다. 그것을 받아 든 찬열은 의아한 얼굴로 내용물을 확인했다. 쇼핑백 안에는 작은 신발이 있었다.

자신의 손바닥보다 작은 신발을 본 찬열은 숨이 턱 막히는 것 같은 기분이 들었다.

"이건⋯⋯."

"축하해. 아빠가 됐네."

안젤라가 눈을 초승달로 만들며 미소를 지었다.

찬열이 손을 내밀어 안젤라를 끌어안았다.

"고마워."

벅찬 감정이 담긴 인사에 안젤라가 찬열을 끌어안았다.

한참 동안 두 사람은 서로를 안은 채 시간을 보냈다.

＊ ＊ ＊

찬열은 2층 테라스에 앉아 있었다.

홀로 맥주 한잔을 하며 밤하늘을 올려다보는 그의 얼굴에 다양한 감정이 떠올랐다.

"여전히 믿기 어려운 현실이야."

고개를 내려 건너편 집을 바라봤다.

보스턴에서도 고급 주택 단지이다 보니 으리으리한 저택이 바로 보였다. 자신의 집만 해도 마찬가지다. 넓은 정원과 함께 수영장과 농구장 심지어는 배팅장과 헬리콥터 착륙장도 있었다.

"허름한 아파트에서 지냈었는데."

회귀 전.

찬열은 허름한 아파트에서 룸메이트 세 명과 함께 지냈다.

돈을 아끼기 위해 매일같이 햄버거를 먹으며 언젠가 메이저리그에 오르기를 꿈꿨다.

부모님이 미국에 오시면서는 생활이 좀 나아졌지만 눈치는 더욱 먹었다. 그래서 부모님에게 화도 냈고 짜증도 냈었다. 모든 게 자신의 탓이었는데도 말이다.

그때 테이블에 놓아둔 스마트폰이 빛을 발했다. 안젤라가 잘 시간이기에 무음으로 해둔 탓에 노래는 들리지 않았다.

액정에 아버지라는 이름이 찍힌 걸 확인한 찬열이 전화를 받았다.

"예, 아버지."

[문자가 온 걸 지금에서야 확인했다. 늦은 시간이라도 상관없다고는 했는데 안 자고 있었냐?]

"네, 잠이 오지 않네요."

[왜? 무슨 일이라도 있는 거야?]

아버지의 목소리에는 걱정이 가득했다.

이유를 설명하지 않으면 당장에라도 비행기에 몸을 실으실 것 같았다.

아버지는 언제나 그랬다.

어린 시절 아버지는 언제나 엄격하셨다.

예의를 우선시하셨고 잘못된 일이 있으면 도깨비처럼 화를 내셨다.

아버지와의 추억이 주마등처럼 지나갔다. 강렬했던 장면들이 하나하나 지나가는 모습에 찬열이 순간 말을 잊었다. 아들이 말이 없자 아버지는 더욱 걱정이 됐다.

[왜 말을 못해? 아빠가 지금 미국으로 갈까?]

금방이라도 달려올 것 같은 아버지의 말에 찬열이 정신을 차렸다.

"아, 죄송해요. 잠깐 다른 생각을 하느라……. 아버지."

[응?]

"아이가 생겼어요."

[뭐?]

아버지가 놀란 목소리로 되물었다.

"할아버지 되셨다고요."

[저…… 정말이냐?]

찬열의 입가에 미소가 그려졌다.

"예."

[크흠!]

헛기침을 한 아버지가 물기 젖은 목소리로 입을 여셨다.

[축하한다. 며느리한테도 꼭 전해 주고.]

"네."

[집에 가서 다시 전화하마. 그리고 엄마한테는 내가 전화할 테니 그리 알고.]

"예, 알겠습니다."

전화를 끊은 찬열이 하늘을 올려다봤다.

"감사합니다."

두 번째 기회를 준 누군가에게 감사의 인사를 한 찬열이 자리에서 일어났다.

에필로그

펜 웨이 파크.

보스턴 팬들은 팀의 월드 시리즈 우승을 보기 위해 경기장을 찾았다.

하나 경기장을 찾은 건 보스턴의 팬만이 아니었다.

미국 전역의 야구팬들이 펜 웨이 파크를 찾았다.

또한 한국에서도 수많은 야구팬과 언론이 보스턴에 왔다.

월드 시리즈 우승 때문이라기에는 너무 많은 숫자였다.

[월드 시리즈 6차전, 보스턴 레드삭스가 승리하면 그대로 우승을 확정 지을 수 있습니다.]

[보스턴은 4년 만의 월드 시리즈 정상을 노리기 때문에 오늘 경기를 꼭 잡고 싶을 겁니다.]

레드삭스는 최근 우승 기회를 번번이 놓쳤다.

세대교체가 이루어지면서 기존의 전력이 모두 바뀌기도 하고 여러 일을 겪었다.

그리고 올해.

최강의 전력으로 레드삭스는 월드 시리즈 우승에 다시 한 번 도전하게 됐다.

경기는 투수전으로 이어졌다.

마운드 위의 두 투수가 놀라운 피칭을 선보이며 연달아 양 팀의 타자를 돌려세웠다.

[7회 말, 양 팀 합산 단 2안타만 나올 정도로 오늘 두 팀의 투수들이 좋은 모습을 보여주고 있습니다.]

[이렇게 되면 1점 차 승부가 될 가능성이 높아지고 있네요.]

[이런 상황에서는 대타 작전으로 변화를 꾀해 보는 것도 좋지 않겠습니까?]

마치 그 이야기를 듣기라도 한 듯 보스턴 벤치가 움직였다. 감독이 직접 나와 구심에게 교체를 요구했다. 그리고 한 선수가 더그아웃에서 걸어 나왔다.

[아! 드디어 나옵니다.]

중계진이 술렁였다.

펜 웨이 파크를 찾은 모든 야구팬이 자리에서 일어났다.

국적 불문, 응원하는 팀 역시 상관없었다.

단 한 명도 빠지지 않고 일어난 그들은 그 선수를 향해 박수를 보냈다.

짝짝짝짝-!

펜 웨이 파크 전체가 울릴 정도로 커다란 박수와 함성이었다.

이런 엄청난 환호를 받으며 대기 타석에 선 남자가 헬멧을 벗었다. 짧은 머리에 강인한 모습이 보이는 남자였다. 과거에 비해 인상이 조금 변했고 주름이 생기긴 했지만 분명히 그였다.

[보스턴 레드삭스의 영구결번이 된 정찬열 선수가 대타로 타석에 들어섭니다.]

[커튼콜이 쏟아지네요. 정말 장관입니다.]

원래는 선수가 더그아웃으로 돌아갈 때 쏟아지는 커튼콜.

하지만 찬열이 타석에 들어서자 바로 쏟아졌다.

[한국 나이로 올해 불혹이 된 정찬열 선수. 정말 야구의 신이라는 말이 어울릴 정도로 믿기 어려운 시즌을 보내온 정찬열 선수이지만 올 시즌에는 주전 경쟁에서 확실히 밀린 모습이었는데요.]

[예, 메이저리그 진출 이후 최저인 25홈런을 때려내며 확실히 힘이 떨어진 느낌입니다. 하지만 여전히 한 방이 있는 선수이고 경험이 있기에 감독의 신임이 대단합니다.]

[올 시즌을 끝으로 은퇴를 결정한 정찬열 선수, 과연 유종의 미를 거둘 수 있을지 기대됩니다.]

찬열이 타석으로 걸어갔다.

캐처 박스에 있던 LA 다저스의 포수가 마스크를 벗었다.

동양인 선수인 그가 고개를 숙였다.

[김민성 선수가 스승인 정찬열 선수에게 인사를 합니다.]

[올 시즌 메이저리그에 진출하면서 정찬열 선수와 꼭 한 번 경기에서 만나고 싶다 말했던 김민성 선수인데요. 월드 시리즈에서 그소원을 이룹니다.]

찬열은 그런 민성을 보며 미소를 지었다.

예상대로 민성이는 두 번째 기회를 잡아냈다. 스스로 노력을 하여 프로의 문을 두드렸고 좋은 성적을 올렸다.

그 결과 지금은 메이저리그라는 꿈의 무대에 올 수 있었다.

'자, 마지막이다.'

배터 박스에 선 찬열이 마운드를 바라봤다.

이제 마지막이다.

자신에게 주어진 건 이 한 타석이 전부였다.

많은 걸 이루어냈다.

일각에서는 앞으로 깨질 수 없을 거라는 말이 나올 정도의 기록을 스스로의 손으로 세웠다.

'이 한 타석에 모든 걸 건다.'

찬열이 배트를 어깨에 걸쳤다.

그런 찬열을 보며 민성이 사인을 보냈다.

'몸 쪽 패스트볼.'

고개를 끄덕인 투수가 발을 들었다.

"흡—!"

쐐액—!

뻐억—!

"스트라이크!"

구심의 손이 올라갔다.

[초구부터 몸 쪽을 찌르는 날카로운 포심 패스트볼! 제자의 날카로운 리드에 정찬열 선수, 꼼짝도 하지 못합니다!]

'잘하네.'

찬열이 민성을 힐끔 바라봤다.

초구부터 몸 쪽을 찌르는 공에 완전히 당했다.

'그렇게 하면 된다.'

속으로 그런 생각을 한 찬열이 2구를 기다렸다.

한데 이전과 완전히 달랐다.

집중력을 최대로 끌어올린 그의 눈에 그라운드 위의 모든 것이 사라졌다.

남은 건 오직 투수의 손을 떠나는 공.

그리고 자신이었다.

'때린다.'

발을 내디뎠다.

촤악—!

배터 박스의 흙이 허공으로 피어올랐다.

동시에 골반이 회전을 시작했다.

뚜둑-!

이전과 달리 허리의 근육이 비명을 질렀다. 고통이 스멀스멀 기어올랐지만 찬열은 이를 악물고 참아냈다.

골반이 마운드를 바라보는 순간.

모든 힘을 풀어 상체를 회전시켰다.

후웅-!

동시에 그의 배트가 허공을 가로질렀다.

따악-!

공과 배트의 궤적이 하나가 되는 순간.

있는 힘껏 공을 때렸다.

경쾌한 소리와 함께 높게 떠오르는 타구를 보며 찬열이 천천히 1루를 향해 달려갔다.

[쳤습니다!!!!]

"와아아아아-!"

그의 머리 위로 관중의 환호 소리가 쏟아졌다.

* * *

선수 생활을 마무리한 찬열이 한국으로 돌아왔다.

그에게 쏟아지던 수많은 스포트라이트는 1년이 되자 조용해졌다.

찬열은 일선에서 물러났다.

다른 선수들과 달리 지도자나 해설위원으로 활약하지 않았다. 재단을 운영하면서 어렵게 야구를 하는 아이들이 또 한 번의 꿈을 꿀 수 있게 해주었다.

그렇게 4년이란 시간이 더 지나갔다.

딱-!

경쾌한 타격 소리가 그라운드에 울려 퍼졌다.

촤아악-!

멋진 다이빙과 함께 팔을 내밀자 공이 글러브에 들어갔다.

소년의 멋진 캐치에 찬열이 박수를 쳤다.

"나이스 캐치! 다음!"

찬열은 펑고 배트를 들며 다음 선수를 불렀다.

그리고 막 공을 때리려는 순간.

"찬열아."

그를 부르는 익숙한 목소리에 고개를 돌렸다.

그곳에는 김영재가 서 있었다.

에이전트 회사를 다른 사람에게 넘기고 은퇴를 한 그는 이곳에서 제2의 인생을 보내고 있었다.

"미국에서 연락이 왔다."

그의 말에 찬열이 코치에게 배트를 넘겼다.

김영재가 건네는 수건을 받은 찬열이 땀을 닦으며 그라운드를 걸었다.

1월, 한겨울이지만 찬열이 있는 곳은 실내 연습장이었다.

따뜻한 온풍이 도는 곳이기에 그의 상체는 땀으로 흥건했다.

"결과가 나왔어요?"

"곧 나온나는 연락을 받았다."

오늘은 매우 중요한 날이었다.

선수에서 은퇴를 했지만 오늘이 진정한 은퇴 날이 될 수도 있었다.

사무실에 도착하자 때마침 전화가 울렸다.

스피커 기능을 이용해 전화를 받았다.

"결과가 나왔나?"

[예!]

흥분한 상대방의 목소리에 두 사람의 얼굴에 기대감이 어렸다.

"어떻게 됐나?"

[만장일치입니다!]

"뭐?"

[이사장님께서 만장일치로 명예의 전당에 헌액되셨습니다!]

메이저리그의 긴 역사.

명예의 전당은 그중에서 90년이 넘는 역사를 보유하고 있었다.

그 긴 시간 동안 이루어지지 않은 일이 있었다.

바로 명예의 전당에 만장일치로 헌액된 선수가 없다는 것이다.

그동안 최다 득표자는 켄 그리피 주니어로 99.3퍼센트의 득표율을 기록했다.

그런데 만장일치라니?

"저…… 정말인가?"

찬열도 믿을 수 없는지 놀란 목소리로 되물었다.

[예! 이사장님! 축하드립니다!]

말이 끝나기 무섭게 문이 벌컥 열렸다.

"이사장님! 축하드려요!"

그리고 아이들이 몰려 들어왔다.

흙이 묻고 땀을 흘리는 아이들이 일제히 찬열에게 달려들었다.

진심 어린 그들의 축하에 찬열의 입가에 미소가 그려졌다.

"고맙다, 얘들아."

* * *

[정찬열 선수는 메이저리그 역사상 최초로 명예의 전당에 만장일치로 입성한 선수가 되었습니다.]

기사와 함께 올라온 한 장의 사진.

뉴욕 쿠퍼스 타운에서 열린 헌액식에서 자신의 얼굴이 새겨진 기념패를 들고 있는 정찬열이 찍혀 있었다.

The end